特急「志《し》国《こく》土《と》佐《さ》 時《ト》代《キ》の夜明けのものがたり」での殺人

西村京太郎

NISHIMURA KYOTARO

KAPPA NOVELS

目次

第一章　乗らなかった指定席

1

今や、日本全国、観光列車ばやりである。全国の観光列車だけを集めた本も出ていて売れているらしい。

戦後しばらくは列車というものは、人々をある地点からある地点まで運ぶものだった。従って、その時刻表通りの正確さと、スピードを競うものだった。

そのうちに、人々の生活に余裕が出来てくると、まず、特定の温泉地に運ぶための列車が生まれた。

L特急「草津《くさつ》」

などが、そのいい例だろう。乗客も、温泉地（冬はスキーが目的になる）草津へ行く目的で乗ったので、途中で降りる者はほとんどいない。ただの特急ではなく、L特急という名称が、生活の余裕を感じさせ、観光列車の到来を告げていた。

それは、同時に、地方の時代の幕開きでもあった。その号令をかけたのは、やはり、田中角《たなかかく》栄《えい》だろう。

日本全国に、ハイウェイが通じ、新幹線網が広がれば、これからは、地方の人間が東京に出かけていくのではなくて、東京の人間が、地方にやってくる時代になると、角栄は豪語したのだが、この予言が適中しているとはいい難い。

大都会、特に東京集中の傾向は、変わっていない。というより、激しくなっている。

その理由の一つは、ハイウェイや、新幹線の力が、相対的に、弱まってしまったからだろう。

新幹線についていえば、最初の頃は、その威力は、絶大で、計画が発表され、駅の工事が始まっただけで、地価は上がり、人々が集まって来たものである。

それが今や、新幹線が通り、駅が出来ても、人々は集まって来ない。北陸新幹線が、金沢《かなざわ》まで開通した時、終着の金沢は、観光客が増えたが、途中の駅は、閑散としたものだった。

北海道新幹線が、いよいよ青函《せいかん》トンネルを抜けた函館《はこだて》まで通じた時、ＪＲのお偉方は、「これで、日本全体に、新幹線網が通じた」と自慢したが、これは嘘《うそ》である。

四国《しこく》には、まだ、新幹線が、一メートルも走っていないからである。

2

その四国の鉄道といえば、個性的だが、少し変わっている。

例えば、北海道では、二両編成の特急が、コトコト走っていても、「根室《ねむろ》本線」とか「日高《ひだか》本線」といって、「本線」の名前を続けている。

中国地方の「山陰《さんいん》本線」、九州の「豊肥《ほうひ》本線」なども同じで、幹線である誇りを持ち続けるということだろう。

ところがＪＲ四国は、さっさと、自分から、本線という名称を消してしまったのである。従って、現在、四国には、徳島《とくしま》線、土讃《どさん》線、予讃《よさん》線などがあるが、「本線」という名前のつく路線はない。

いさぎよいというのか、欲《よく》がないというのか。

現在、観光列車ばやりなのだが、全国それぞれに特徴を出している。

例えば、ＪＲ西日本の「花嫁のれん」号は、加賀友禅《かがゆうぜん》と輪島《わじま》塗りの漆器《しっき》が売り物だし、新潟の「越乃《こしの》Ｓｈｕ＊Ｋｕｒａ」という奇妙な名前の観光列車は、Shu-Kuraを漢字に直すと酒蔵で、新潟のお酒が売り物である。

ＪＲ四国は、同じように、さまざまな観光列車を走らせているが、少しばかり他の列車と違っている。

二種類あって、一つは、予土《よど》線を走るホビートレインだろう。キハ32形のジーゼル車両に、0系新幹線のお面をかぶせた文字通りのホビーである。車内に0系新幹線の座席を取りつけたり、0系の警笛をつけたりで、一瞬、「新幹線！」と驚くが、次の瞬間、笑ってしまうのである。

もう一つは、やたらに長い名前の観光列車が、二本も走っていることだ。

一本は「四国まんなか千年《せんねん》ものがたり」、
二本目は「志国土佐《しこくとさ》 時代《トキ》の夜明けのものがたり」、
である。

「四国まんなか——」の方は、三両編成で、いずれもグリーン車なのだが、何故《なぜ》か、終点から終点まで走らず、土讃線の途中駅多度津《たどつ》—大歩危《おおぼけ》間を走っている。

「志国土佐 時代の夜明け——」の方は、高知《こうち》から、これは、土佐くろしお鉄道中村《なかむら》・宿毛《すくも》線の起点駅窪川《くぼかわ》までを走る。

ついでに書いておけば、JR四国には、もう一本、予讃線の海岸線を走る観光列車があり、その名前が、

「伊予灘《いよなだ》ものがたり」

である。四国の人は「ものがたり」という言葉が好きらしい。

九月二十四日。

三杉克郎《みすぎかつろう》は、仕事で、この中の一本、「志国土佐 時代の夜明けのものがたり」に乗ることになった。四十二才。小さな雑誌「旅と歴史」の記者である。

時刻表を見れば、この列車は、次の通りの時刻表になっていた。

下りは、

高知（発）	一二時〇四分
土佐久礼《とさくれ》（発）	一四時一七分
窪川（着）	一四時四三分

上りは、

窪川（発）　一五時一〇分
土佐久礼（発）　一五時四六分
高知（着）　一七時五六分

最初の予定では、高知まで飛行機で行き、この奇妙な名前の特急列車で往復して、翌日に東京に帰るつもりで、この特急列車の往復の切符も買っておいた。

「四国まんなか千年ものがたり」も「伊予灘ものがたり」も、四国のどんなものがたりかわからないのだが、今回旅行する「志国土佐　時代の夜明けのものがたり」の方は、簡単に見当がついた。

土佐―時代の夜明けとくれば、坂本龍馬《さかもとりょうま》しかいないからである。

九月二十四日。

例年に比べて、まだ、東京は暑かった。

新型コロナがあって、そのくせ、台風が一つも上陸していないという奇妙な季節である。

旅客機は、一人きりの乗客の日もあったというが、ＧｏＴｏトラベルのおかげか、この日、高知行の便には、かなりの乗客があった。

ＧｏＴｏに東京も含まれたのだが、小さな旅行雑誌の記者の三杉には、さして恩恵があるわけではなくて、飛行機が、混んだだけ、マイナスかも知れない。

ともかく、乗客がかなり増え、全員が大人しくマスクをしている。

何の問題もなく、高知龍馬空港に到着。

予定より六分おくれた十時四十六分である。

空港内でも、さすがに龍馬空港らしく、龍馬の像や、言葉が眼《め》に入る。

以前に来た時と違うのは、空港内の所々に、消毒液が置かれ、通路に敷かれたマットには「靴底消毒実施中」の看板が出ていたことだ。

高知発の観光列車は、一二時〇四分発なので、時間はある。

タクシーで、軽く市内見物をしてから、高知駅に着いた。

駅の中のカフェで、コーヒーを飲みながら、都内で買った切符を点検する。何しろ、小さな出版社なので、取材の繰り返しが利《き》かないのだ。

まず往路の乗車券、特急券、グリーン券を確認する。

乗車券（ゆき）高知―窪川
特急券・グリーン券　高知―窪川
一号車　8番C　二五〇〇円
次は、帰りの乗車券、特急券、グリーン券の確認である。

これも、雑誌では詳しく載せる必要があるので、カメラで全て撮っておく。

時間が来たので、立ち上がった。

高知駅の中にも、沢山の龍馬がいた。

「ようこそ！　龍馬の郷　高知へ」という大きな看板が出ている。

龍馬の写真は、例の、ちょっとくだけたスタイルである。

改札を通り、一番線に上がって行く。

特急「志国土佐 時代の夜明けのものがたり」号は、すでに入線していた。

二両編成だが、凝《こ》った造りで、豪華な感じである。

白と黒ツートンのユニフォームの女性乗務員が乗客の体温を測り、手の消毒をしている。彼女たちは、マスクに手袋である。

二号車は、車体の側面を深いグリーンで塗られ、三杉の乗る一号車の方は、茶色に金のラインが入り、「志国土佐 時代の夜明けのものがたり」の文字が読める。外観は、白地に深いグリーンの二号車がモダンな感じなのに対して、茶色に金のラインと字の入った一号車の方は、どこか、オリエント急行の感じがある。

なお、一号車の入口付近には、龍馬の絵が描かれていて、やはりの感じだった。龍馬の夜明けである。

一号車に乗り込む。車内は、白と茶のツートンで、照明や手すりなどは、金色《ゴールド》である。

車内の端には、食事や飲み物を調理する小さなコーナーがあり、早々と販売員が働いていた。

座席は、窓に面して横に並んでいて、向い合うボックス席はなかった。近いものは、斜めの対面で、席と席の間には、透明なアクリル板があった。

三杉は、8番C席に腰を下ろした。

テーブルの上には、メニューが置かれていた。アルコール、ノンアルコール、軽食、デザートと、多い。

定刻の一二時〇四分発車。

見送りの人々が手を振ってくれる。他の駅でも、同様だから、これも一つのサービスなのだろう。

三杉は、都内のみどりの窓口で、あらかじめ食事券を買っておいたので、車内で、アテンダントに渡して、五千円のお弁当を持って来て貰《もら》う。

六角形の瀬戸《せと》の容器に入ったお弁当である。幕の内弁当のようにいろいろな具が入っていた。

食事のあと車内で、ガラスの器に入ったスイーツを買って、窓の外の景色を見ながら、食べる。

同じ路線を特急「あしずり3号」も走っているのだが、同じ特急でも、停車駅の数が違う。

高知から、窪川まで、駅の数は、高知と、窪川を入れて、二十八駅。特急「あしずり」の停車駅は八駅だが、特急「志国土佐―」の方は、三駅。それなのに、八駅に停車の特急「あしずり」の所要時間一時間〇八分に対して、三駅しか停車しない特急「志国土佐――」の方は、二時間三九分も、かかるのだ。

三杉はさっそく、

「これは列車の狙《ねら》いがサービスの違いだからだろう」

と、録音した。

通過する駅のホームでは、ボランティアが、こちらに向って、手を振っている。

車内の新型コロナ対策についても、三杉は細かく調べた。

乗車してすぐに眼に入ったのは座席に置かれ

た「お客様情報記入用紙」である。

列車で、コロナの感染者が出た場合、近くにいた乗客が、濃厚接触者になるので、そのための記入用紙である。氏名、電話番号と列車名を書く欄があり、発車後、しばらくして乗務員が集めていった。

もう一つ、気になったのは、乗降のない停車駅では、ドアを開けたままで、張られたロープには次のパネルがかけられたことだ。

「車内換気のため、ドアを開けています。お降りになれません。ご協力をおねがいします」

これも、コロナ対策だろう。

何事もなく定刻の一四時四三分に、終着の窪川駅に到着した。

山あいの小さな町の小さな駅である。

予定では、町中や周辺を取材したあと、すでに切符を買ってある「志国土佐 時代の夜明けのものがたり」の帰りの列車で、高知に戻るつもりだった。

それが、急に三杉は大事なことを思いだした。この先の足摺岬《あしずりみさき》へ行く用事である。毎年五月二十五日に、三杉はある男のことを調べるために、足摺岬へ行くことにしていた。それが、コロナさわぎで、今年はまだ行っていなかった。

これは、仕事とは関係ない私事なのだが、三杉にとっては、仕事以上に大事なことでもあった。

三杉は、着いてすぐ、窪川駅で、今日の帰りの「志国土佐 時代の夜明けのものがたり」を、キャンセルしたいと申し出て、乗車券、特急券、グリーン券を、返却した。

そのあと、十分後に、窪川に到着した「あしずり5号」で、三杉は中村に向った。

中村からは、バスで足摺岬に行く。

幸い、快晴で風もなかった。

中村駅から、バスで足摺岬まで約二時間。

足摺岬の突端に立って、しばらく、海の沖合を眺める。いつものように広大な太平洋が広がっていた。

足が疲れてくると、三杉はその場に座り直して、なおも、南の海を眺め続けた。

その時、三杉の頭に描かれているのは、

「龍馬のように生きたい」

と願った一人の男の顔だった。

それなのに、その男は、願いかなわず昭和二十年五月二十五日に、死んだのだ。

その日、三杉は足摺岬の近くの宿に、一泊した。

夜になると、かすかに海の音が聞こえてくる海岸近くの宿だった。

夕食のあと、旅館の主人のすすめる地酒でいささか酔い、三杉は寝床にもぐり込んだ。

それが深夜、スマホの音で、叩《たた》き起こされた。

相手は、雑誌「旅と歴史」の和田《わだ》編集長だった。

「今、何処《どこ》だ？　何してる？」

と、いきなり大声で聞く。

「何処って、足摺岬の宿ですが」

「何故そんなところにいるんだ？　例の列車で、高知に戻っているんじゃないのか」

まるで、叱りつけるような調子に、三杉は思わずむっとして、

「疲れたんで、列車の方はキャンセルして、こっちに泊ったんです。取材は大丈夫ですよ。往路で、ちゃんと取材しましたから」

「ニュースは、見てないのかア」

相変わらず、編集長が怒鳴《どな》る。

「何かあったんですか？」

酔いが残っていて、やたらに頭が痛い。

「お前の乗る筈《はず》だった『志国土佐　時代の夜明け――』の車内で殺人事件が、起きたんだよ。被害者は、年令四十代。身長一七五、六センチ。やせ型、てっきりお前だと思って、心配していたんだぞ」

と、編集長がいう。

「私じゃありませんよ」

「そんなことは、もうわかった」

と、いってから、急に、

「ちょっと待て。スマホを切るな」

と、いい、和田は、別の電話に出ている様子だったが、

「帰りにお前が乗ることになっていたのは、確か二号車だったな？」

「そうです」

「座席ナンバーは？」

「二号車の8番Cです」

「それと同じなんだよ。どうするんだ？」

「何がですか？」

「今、警察から電話がかかっているんだ。今日お前が取材した特急列車で殺人事件が起きたが、殺された男は、高知へ帰る列車の二号車8番Cの座席に座ってたんだよ。どうするんだ？」

「私は、関係ありませんよ」

「バカ。警察は、関係あると見て、お前に事情を聞きたいと、いってる。すぐ、帰ってくるんだ。東京に着いたら、家に帰らず、まっすぐ、会社に来るんだ。しっかりしろ！」

　編集長は最後まで怒鳴って、電話を切ってしまった。

　そうなると、眠れなくなった。

　夜が明けるのを待って、タクシーを呼んで貰い、中村駅に急ぎ、そこから、高知駅まで、特急「あしずり2号」で行き、高知空港から、何とか第三便の九時四〇分の日本航空４９２便に乗ることが出来た。

　この日本航空での羽田《はねだ》着は、一〇時五五分である。

　羽田からは、タクシーで、出版社へ急行した。

　会社には、二人の刑事がいた。

　警視庁捜査一課の亀井《かめい》刑事と、高知県警の原《はら》田《だ》という刑事だった。

　二人とも、不機嫌だった。

　昨日起きた事件なのに、翌日まで、待たされたからだろう。

　主に、高知県警の原田刑事が、三杉に対して訊問《じんもん》した。

「昨日、特急『志国土佐――』の車内で起きた殺人事件については、すでにご存知ですね」

「いや、詳しいことは、全く知りません」

「何故ですか？　新聞やテレビは見てないんですか？」

「私は昨日、四国足摺岬の小さな宿に泊っていたんです。民宿です。夕方、そこの主人と地酒をかなり沢山飲んで早い時間に寝てしまったので、新聞も、テレビニュースも、見ていないんです」

「しかし、今日はここに来るまでに、新聞かテレビを見たんじゃありませんか」

「それがですね、一刻も早く東京に戻れと、編集長に脅かされまして。とにかく、足摺岬から、ここまで、車から地方鉄道、日航と乗りついで来たので、新聞も、テレビも見ていないのです。足摺岬というのは、何しろ東京から見れば、地の果てといったところで、飛行機、鉄道、バスといろいろな交通手段を――」

「わかりました」

突然、原田は、三杉の言葉を遮《さえぎ》って、

「とにかく、昨日、四国を走る列車の中で、殺人事件が起きたのです。特急『志国土佐 時代の夜明け――』の二号車で、殺人事件が発生したのだが、被害者は身元不明です。唯一わかっているのは、二号車の8番Cの座席に座っていたということだけなのですよ。あなたが乗るつもりだった座席です」

「それは昨日、終点の窪川に着いてすぐ、キャンセルしたんです。キャンセル待ちをしていた人がそれを買って、乗ったんでしょうから、私とは、関係ありませんよ」

「しかし、今のところ、これ以外に、手掛かりらしきものは何もないのですよ。何故、急にキャンセルしたんですか？」

と、原田が、訊問を続ける。

「それは、私の、個人的な理由です。それに繰り返しますが、私は、今回の殺人事件とは、何の関係もありませんよ」

と三杉が答える。

「しかし、今回の殺人事件が、あなたと完全に無関係とは、いい切れないでしょう。例えば、あなたは、今回の被害者と知り合いで、殺し屋に頼んで彼を殺させるために、キャンセルと称して、あの列車に乗せた。そうしておいて、殺し屋には、一号車の8番Cの乗客を殺せと指示を出す。そうした方法を取れば、あなたと、殺し屋が会わなくても殺しの指示が出せるからね」

「私は、昨日、窪川駅に着くとすぐ、帰りの『志国土佐――』の乗車券などを、駅に持って行ってキャンセルしたんです。どんな人間がそれを買うかなんてわかりませんよ」

「そうでしょうか」

と原田刑事が粘る。

「あなたと、被害者が知り合いだったとします。その知り合いの男を殺す計画を立てた事件だと思うのです。そこで、帰りの『志国土佐――』の乗車券をキャンセルして、まず、自分を無関係な立場に置く。次に殺したい男に、自分の乗車券を買わせて、『志国土佐――』のあなたの座席に乗せ、殺し屋に教える。そのあと、あなたは無関係な立場で、殺しが進行するのを、遠くで見守ればいい。今回の事件は、こういう事件だと思うのです。心当りがあるんじゃありませんか？」

「私は、今でも殺された男の身元を知らないんですよ。どんな形で殺されたかもです。こんな犯人がいますか？」

「被害者の身元は、ようやくわかりました。東京でコンサルタントをやっている高見恵二《たかみけいじ》四十九才です。事務所は四谷《よつや》三丁目のビルにあります。事件の方ですが、『志国土佐 時代の夜明けのものがたり』の窪川からの帰りの車内で起きています。満席で、終点の高知駅に着き、乗客が、次々に降りたのに、二号車の8番Cの乗客だけが、椅子にもたれた感じで動かないので、アテンダントの女性が、声をかけて、死んでいることが確認されました。

　コロナ問題で、乗客は、斜めには座れても、向い合うようなボックス席はありません。その上、隣席との間には、透明なアクリル板があって、直接、話し合うことが難しい。そのため、隣席の乗客が座席にもたれていても、気にしないのです。だから8番Cの座席の被害者が死んでいても、気付かなかったのではないか。死因は、青酸《せいさん》中毒死です。8番Cの座席のテーブルの上に、缶ビールの缶が置かれていて、半分近くまで、飲んだ形跡があり、残りのビールから致死量の青酸カリが見つかりました。缶にあった指紋は、被害者のものだけです。死亡推定時刻は、昨日、九月二十四日の十六時（午後四時）から、十八時（午後六時）までになっています。問題は、被害者・高見恵二が、いつ、誰から、その青酸カリ入りのビールを貰ったかなのですが、今のところ、わかっていません」

と、原田がいったあと、それまで黙っていた警視庁の亀井という刑事が、

「これが、あなたが犯人で、被害者に例の列車の帰りの乗車券などと、青酸入りの缶ビールを一緒に渡したのなら、簡単なんですがねえ」

と、いった。

三杉は、亀井という刑事の顔を見返した。

（優しい口調で、ひどいことをいうものだ）

と、思った。

この刑事も、高知県警の刑事も、明らかに、自分を疑いの眼で見ていると、三杉は思った。

腹が立った。が、その一方で疑いの眼を向けるのももっともだとも思った。

三杉自身は理由があって、「志国土佐――」の取材を、往路だけで止《や》めて、復路をキャンセルしたのだが、何も知らずに、自分の行動を見れば、疑わしく思うのは、当然だろうと、三杉も思う。

二人の刑事は、三杉が今まで、雑誌「旅と歴史」に書いた記事や、ＤＶＤになったものなど、二〇本近くを押収して、帰って行った。

3

そのあと、和田編集長は、

「どうにもわからないんだが、何故、例の列車の帰りの切符をキャンセルして、足摺岬なんかに行ったんだ？　刑事たちも知りたいのは、そのことだと思うんだが、どうして、いえないんだ？」

と、きいた。

三杉が返事をしないでいると、和田は、

「あの刑事たちは、それを、はっきりさせようとして、何度でも、やってくるぞ」

と、脅かした。

「私がそのことを喋《しゃべ》らなくても、被害者の身元は、はっきりしたんでしょう。その方向から、捜査すれば、自然に解決するんじゃありませんか？」

「若月《わかつき》君」

と、和田は今年入った若い編集員を、呼びつけて、

「今回の事件について、ニュースや警察発表なんか、まとめてあるか？」

と、きいた。

「まとめてあります」

といって、若月はＤＶＤを渡した。

和田は、それをそのまま、三杉に渡して寄越《よこ》した。

「お前さんのために、集めさせているんだ」

「私のためって、何がですか？」

「昨夜、電話で、事件のことを知らせたろう?」

「あの時は、びっくりしました。全く、予想しなかったことなので」

「その時、お前さんは、寝呆《ねぼ》けているのかとんでもないことをいったんだ。帰りの列車の切符をキャンセルしたって。その列車で、殺人事件が起きてるのにだ。これでは、絶対に、警察は、お前さんに眼をつける。お前さんは、文学的才能は少しはあるが、論理的な思考能力はゼロだ。簡単に警察に捕まってしまうだろう。私としては、何かしてやりたい。そこで、今回の事件について、どんなに小さくても、テレビ、新聞、雑誌などに出たものは、全てＤＶＤにおさめておけと、若月にいっておいたんだ。何かの役に立つかも知れないからな」

と和田はいい、続けて、

「被害者・高見恵二について、ある週刊誌に記事がのった。それも、このＤＶＤに入っている。今日はまず、それを見てみたらいい」

と、いった。

×

殺された高見恵二のことが、「週刊デイリー」にのっていた。嘘の多い雑誌だが、念のために収録しておく。

高見恵二は、不明な点が多い謎《なぞ》の人物である。資産家であり、東京の一等地にビルを持ち、コンサルタントと称しているが、彼がコンサルタントらしい仕事をしたという話を聞いたことがないのだ。

高見恵二は本名だが、「高見恵徳《けいとく》」の名前で呼ばれることもあるといわれる。ある種の人々の間では、尊敬されていることかららしい。

事実、ある有名政治家は、「政策に悩んだ時、高見恵徳氏に相談して、啓蒙《けいもう》して頂いた」といっている。

また、高見家は、古い歴史があり、あの「陰《おん》陽道《みょうどう》」の家柄から分かれたともいわれるが、これも定かではない。陰陽道といえば、平安時代の安倍晴明《あべのせいめい》が有名だが、高見氏がその子孫かどうかも、はっきりしない。

ただ、実在の政治家や、実業家、或《ある》いは有名タレントの中には、陰陽道の達人として、高見恵徳氏を尊敬する人のいることも事実である。

そのため、政治家の中には、高見恵徳の名前を利用する者もいた。こうした風潮に危機感を抱く評論家もいる。

わが「週刊デイリー」としては、今後、高見恵二の汚れた暗部を暴いていくつもりである。

×

三杉は、捜査本部に呼び出されて、高見恵二を前から知っていたのではないかと、しつこく聞かれた。

「志国土佐 時代の夜明けのものがたり」号の帰りの切符をキャンセルしたというが、高見恵二が、キャンセル待ちをしていることを知っていた、切符が高見恵二に渡るのを知っていたのではないか、と詰問《きつもん》するのだ。

もし、この通りなら、三杉は、殺人事件と結びついてしまうのだ。明らかに、警察は、結びつけようとしていると、三杉は感じた。

　和田もそれを口にして、三杉を励まし、同時に脅した。

「警察は、容疑者が多くて、困っているらしい。その中には、有力政治家の名前も、ちらつくから、どうしても、捜査が及び腰になる。その点、お前さんが容疑者なら、簡単だからな」

　と、和田はいうのだ。

「私じゃありませんよ」

　三杉が、疲れた声でいう。すでに何回同じことを口にしたろうか。

「社へ来る時や、家に帰る時、何か気がつかなかったか？」

「何のことですか？」

「尾行だよ。警察は、お前さんが誰に会うか一番知りたがっている。私にすら、尾行がついていると感じることがあったんだ」

「本当ですか」

「それに気付かないとは、呑気《のんき》な奴《やつ》だな」

「尾行なんて、嘘でしょう」

「警察は、お前さんが犯人だとしても、ひとりでやったとは思っていない。だから、尾行した。誰に会うか知りたいんだよ」

　和田に、そんなことをいわれたせいか、この日の帰宅では、途中、背後《うしろ》ばかり気になった。

　おかげで、帰宅に時間がかかってしまったが、警察に尾行されているのかどうかは、最後まで、わからなかった。

　翌朝、いつものように、シャワーを浴びてから新聞を取りに、郵便受を開けると、新聞と一緒に、白い封筒が一枚、落ちてきた。

何も書いてない封筒。

中身は、便箋一枚。

「沈黙」

大きく、それだけが、黒いマジックで書かれていた。

4

警視庁捜査一課の十津川《とつがわ》は、捜査本部で、一つの思い出について考え続けていた。

東京は、日本一の巨大都市であり、首都である。特に、全人口の十分の一が住んでいる。

そのため、著名な観光地で、観光客が殺されると、被害者が東京の人間であることが多い。

その場合は、自然に現地の県警本部との合同捜査になる。

今回も、それである。

十津川は、何度も、同じ経験をしているが、その中でも、一番記憶に残っている事件があった。

五年前、古い百万都市で起きた殺人事件だった。

殺されたのは東京在住の若いカップルの観光客で、当然、警視庁と、京都府警本部との合同捜査になった。

事件そのものは、簡単で、捜査も簡単な、物《もの》盗《と》り殺人だったが、十津川が、強く記憶に残しているのは、当時、この百万都市に起きていた騒動だった。

歴史のあるこの都市は、観光が主要産業といってもよかった。

他に、大きな産業が少いため、市の財政の半分近くは、観光客の落とす金だった。

ただ、最近、市の財政が苦しいので、市は観光税の引き上げを考えた。

それに、猛烈に反対したのが、観光の中心の寺や神社だった。

市と、寺社の対立が、市を二分する騒動に発展していった。十津川たちも、本来の捜査が出来なくなってしまった。

市側も、退《ひ》かない。

それに対して、寺と神社側は、門を閉ざす手段に出たのである。

市の観光は、いわゆる観光寺や神社でもっている。その寺社が、門を閉ざし、観光客をシャットアウトすれば、市の観光は成り立たなくなってしまう。

当然、観光がらみの旅館、ホテル、タクシーなども、お手上げである。

それでも、市も退かない。十津川は、これからどうなるのか市民に聞いてみると、

「こうなれば、ゴダイさんの出番ですね」

と、いうのだ。ゴダイは五代とわかったが、それだけで、肝心のことがわからない。どんな人物が、どうするのかもわからないのだ。

そのうちに、地元新聞に「五代さんが乗り出

してくるので、解決も早いだろう」という記事が出た。

十津川が調べてみると、実際には十五代続く旧家の主人で資産家。観光業をやっているが、何回も不正申告で逮捕されているのである。そのため、普段は、全く、名前が出ることはないのだが、表立つのを嫌う取引きなどには、動いているらしいのだ。

新聞にのった一週間後に、五代さんのあっせんで、市役所と寺社側の紛争はたちまち解決してしまった。

市側は、観光税の値上げを取下げ、寺社側は門を開け、全て解決したのである。こんな解決なら、別に五代さんは必要ないと思うのだが、双方で、秘密の取引きがあって、そこが、五代さん活躍の部分なのだろう。もちろん、双方とも、秘密の取引きは、否定しているが、多くの市民はみんな、五代さん——秘密の取引き——解決と固く信じているのだ。

十津川は、今回の高見恵二殺しを担当して、この高見という男は、あの古都の五代さんのような存在だったのではないかと考えるようになった。

普段は、或いは表の世界では、ほとんど必要のない人物だが、非常時や、裏取引きの場合には必要になる人物ではなかったのか。

「同感です」

と、亀井刑事が、賛成した。

「しかし、こうなると、犯人を見つけるのは大変かも知れません。表と裏の両方の世界を調べなければなりませんから」

「それでは、まともに、まず表の世界の容疑者から、当ってみよう」

と、十津川は、いった。

「誰がいましたか？」

「問題の列車に乗る筈だった男、三杉克郎だよ。君は、もう会っていたな」

と、十津川が、いった。

十津川は、四谷三丁目に行き、「旅と歴史」社から、三杉を、近くのカフェに呼び出した。

十津川は、自己紹介してから、

「問題の列車で高知に戻る筈だったあなたが、急にキャンセルした理由について、話して頂きたいのですよ」

と、いうと、三杉は、露骨に眉根を寄せた。

「それについては、こちらの刑事さんに、もう説明しましたよ」

と、いう。

「キャンセルの話は聞きましたが、その理由については、聞いていませんよ」

と、亀井が、反論した。

それを受ける形で、十津川は、

「あなたは、乗る直前にキャンセルされている。また、四国には、雑誌の取材で高知に行ったわけでしょう。キャンセルせずに、一刻も早く帰京したい筈です。それなのに、キャンセルし、編集長に一日おくれて原稿を渡す結果になった。よほど大事なことがあったと思います。だから、その理由を正直に話して貰いたいのですよ」

「それは、あくまでも、私の個人的な理由です。

なお、あの列車の中で殺されたという被害者は全く知らない男です」

「高見恵二という名前は、聞いたことがないということですか？」

「全く知りません。初めて聞く名前です」

「あなたは、『旅と歴史』という雑誌の記者でしたよね。もう何年ですか？」

と、十津川が聞いた。

「七年、いや八年です」

「だとすれば、何十人、いや何百人という人間に会っている筈です。その中に、高見恵二が、いたんじゃありませんか？」

「いや。前に会ったことはありません」

「どうして、そう断言出来るんですか？　雑誌の記者なら人に会うのが仕事でしょう」

「私は、かなり物覚えのいい方で、人の顔も、覚えているんです。写真で見る限り、高見恵二という人は、特徴のある顔ですから、忘れることはないと思います」

と、三杉は、いった。

「九月二十四日の取材は、どういう仕事だったんですか？」

「やはり、私は、疑われているんですか？」

「いや。通常の質問です」

「最近は、観光列車ばやりなんですよ。特に、四国では、歴史がらみの観光列車が走っていて、その代表が、今回の特急『志国土佐　時代の夜明けのものがたり』なんです。それに、国の夜明けということで、あの坂本龍馬に関係があるから、読者が喜ぶということで、編集長の指示で、取材に行ったんです。うちの出版社は人手が足りないので、私一人で、取材と撮影をかねていて、これは毎度のことです」

と、三杉は、いった。

「一日おくれてもいいと思ったのは、何故ですか？」

「今月末までに、取材を了《お》えれば、来月号に間に合うわけですから、一日おくれても、大丈夫なんです」

「問題の列車の往路には乗ったわけですね？」

「乗っています。時刻表を見れば、停車駅は帰りも同じなので、取材は問題はないし、それに、たった二両編成ですからね」

「往きの列車の中では、問題は起きなかったんですか？」

「何もありません」

「往きも帰りも満席だった？」

「そのようです。私が、直前にキャンセルした時も、笑顔で、すぐ売れますといっていたから、キャンセル待ちのお客がいたんだと思います」

と、三杉は、いった。

「それが、殺された高見恵二でしょうか？」

亀井がいい、十津川は、

「彼を、列車に乗せたがった犯人かも知れないな」

と、いった。

そのあと、三杉は、彼が問題の列車で撮った写真五十枚を、十津川に差し出した。

「志国土佐 時代の夜明けのものがたり」の二両連結の写真や、一号車、二号車の車内の写真である。すでに、二十枚を押収されていた。

もちろん、乗客も、写っている。

十津川は、正直に、

「助かります。お借りします」

と、受け取ると、

「いや、全部、二枚ずつプリントしましたから、差し上げますよ」

と、三杉はいった。

そのあとは、亀井も、息子が鉄道マニアであることもあって、三人で、四国を走る観光列車の話になった。

五十枚の写真を見ながら、亀井が、

「やっぱり、坂本龍馬ですね」

「彼の絵が、車体に描かれていましたし、何しろ、高知出発ですから。どうしても、坂本龍馬です」

「食事も出るんですね」

「食事は、五千円で、前もって予約する必要があります。食後のスイーツは、写真のもので、車内で、注文出来ます」

「乗客も、乗務員も、マスク着用で、大変ですね」

「乗務員の方は、その上、手袋をしたり、乗客の熱を測ったり、手を消毒したり、大変ですよ」

「車内で、ビールも売っていますね」

「テーブルの上に、メニューを書いたものが置いてありましてね、その写真のように、ビール、ハイボール、高知産泡盛《あわもり》、コーヒー、紅茶、デザートまで売っています」

「そんな中で、被害者は、青酸入りのビールをすすめられた。缶ビールだから、この車内には似合いませんね」

「余程、親しい相手にすすめられたんだ」

「キャンセルしたのは、二号車の8番C席でしたね？」

「そうです」

「乗客の姿を見ると、かなりの時間、座席から動かずに、横並びで、窓の外の景色を見ていますね」

「対面する座席はゼロでした。一番、対面に近い座席でも斜めに向い合う形です。それに、乗客の間には、透明なアクリル板があります」

「乗客の中には、マスクを外している人もいますね」

「食事をしたり、飲んでいる時には、マスクは外しますからね」

「あなたは、車内で、取材したんですか？」

「簡単な取材はね。ＧｏＴｏで国内旅行が、解禁になってからだから、わりと平気で喋ったりしていましたよ」

　そんな話の途中で、十津川の携帯が鳴り、少し離れて電話に出ていたが、二、三分して、席に戻ってくると、

「あなたのアリバイが証明されました」

　と、三杉にいった。

「今、高知県警からの電話で、あなたが、九月二十四日夕刻から翌朝まで泊ったといっていた民宿に、向うの刑事が、今日、確認してきたそうです。三杉さんの写真を持っていって確認し

たとも、いっています。これで殺人について、あなたのアリバイは、証明されました」

「何となく、奥歯に何かはさまった感じのいい方ですね」

と、三杉がいった。その顔は、笑っていなかった。

「そうですか」

「やたらに殺人、殺人とくり返すじゃありませんか。今回の事件についてシロと決まりましたといわれたら、ほッとしますが、今のいわれ方では、まだ、完全にはシロと見られてはいない気がします。そうなんでしょう？」

「正直にいいましょうか？」

「いって下さい」

「あなたが、直接、手を下していないことは、証明されました。しかし、犯人が列車の中にいて、高見恵二を、列車に乗せるために、あなたがわざと、キャンセルした疑いは、まだ、消えていないということです」

十津川は、あからさまにいった。

「じゃあ、どうしたら、完全にシロになれるんですか？」

三杉は、挑むように、十津川を見た。

十津川は、笑って、

「それでは、まず、何故、あの列車の帰路をキャンセルしたのか、その理由を話して下さい」

「――――」

「それがいえないのでは、完全なシロと認めるのはまず無理ですね」

「足摺岬へ行きたかったからですよ」

「何故、足摺岬に、急に行きたくなったんですか？」

「とにかく、急に行きたくなったんです。それだけです。例の列車で、終点の窪川に着いたら、そのあとに、特急『あしずり5号』が来るのを知って、急に、足摺岬に行きたくなったんです。そういうことって、あるでしょう。だから、何故って理由を聞かれても困るんですよ」

「足摺岬は、どうでした？」

と、亀井がきいた。

「いい天気で、素晴らしかったですよ。私はもともと、四国でいえば、佐田《さだ》岬《みさき》とか、室戸《むろと》岬《みさき》とか、突き出た場所が好きなんです。北海道なら、襟裳《えりも》岬《みさき》とか知床《しれとこ》とかね」

と、三杉はいった。

三杉が、出版社に帰ったあとも、二人の刑事は、しばらく同じカフェで、三杉のくれた写真を見ていた。

「何故、犯人は、この観光列車の中で、殺したんでしょうか？」

と、亀井が、首をかしげた。

「列車の外で、例えば、山の中で殺せば、そのまま、死体を隠せたのに」

「時間かな？」

と、十津川が、呟《つぶや》く。

「時間ですか？」

「犯人には、問題の列車に乗っている時間しか、殺人を犯す時間がなかった。たまたま、その時間に、犯人は、特急列車に乗っていたということなのかな」

　と、十津川はいったが、あまり自信はなかった。

　その十津川が、新しくコーヒーを注文してから、いった。

「それにしても、三杉は、最後に、急に饒舌《じょうぜつ》になったな」

「私も気になっていました。人間が、急に饒舌になるのは、嘘をついているか、何かを隠そうとするかのどちらかですから」

「カメさんのいう通りなら、三杉は、急に足摺岬に行きたくなって、問題の列車の帰りをキャンセルしたんじゃないんだ。逆だな。キャンセルが目的で、足摺岬はその理由づけだな」

「足摺岬には実際に行っています。岬近くの民宿にも泊っています」

「だから、彼の嘘を崩すのは、難しいんだ。ふっと、何とか岬を見に行きたくなることは、よくあることだからね。多分、三杉は、これで押し通すつもりだろう」

「どうします？」

「彼の働く出版社の雑誌だ」

「『旅と歴史』ですか」

「その雑誌の何年か分を集めて、眼を通してみよう。三杉が、働くようになってからの全部だ。その中の一冊でも、高見恵二を扱っていたら、彼は嘘をついたことになるからな」

　と、十津川は、いった。

第二章　二人目は元首相夫人

1

十津川と亀井の作業は、何の収穫もないままに終ってしまった。

雑誌「旅と歴史」のバックナンバーに全て眼《め》を通したが、短いエッセイでも、三杉が高見恵二（恵徳）について書いたものは、見つからなかったのだ。

「やはり、三杉は今回の殺人事件とは、無関係ですかね」

と、亀井が眼をこすった。

タイトルだけをマークしたのではない。三杉の書いたものには、全て眼を通し、その中に高見恵二（恵徳）の文字がないかを調べたのだ。眼が疲れても仕方ない。

「確かにアリバイがあるし、被害者との関係も浮んで来ない。しかし、突然の列車のキャンセルは、どうにも不自然だよ」

「本人は、急に足摺岬に行きたくなったといってますね」

「そんなことで、仕事を放り出すか」

「そうですねえ」

「眼が疲れたら、何故《なぜ》か、のどが渇いた」

「私も。コーヒーをいれましょう」

「カメさんのコーヒーは、久しぶりだな」

「相変わらずインスタント・コーヒーですが、最近はバラエティが格段に富んできましたよ」

　喋《しゃべ》りながら、亀井が、コーヒーをいれていく。

　十津川が、砂糖をいれて飲むのに、亀井は、

「私は、ブラックで」

「糖尿の警戒か？」

「すでに、人生の半ばを越えましたから」

と、亀井が、笑った。

「なるほど」

　十津川は、何となく納得したあと、

「今日は、何日だっけ？」

「九月二十六日です」

と、亀井は答えた。

「事件が起きて、まだ三日目です。何か、日付が気になるんですか？」

「二十四日に殺された高見恵二は、古い陰陽道の家の生まれだと聞いた」

「先祖は、安倍晴明だというんでしょう。あまり信じられませんよ」

「陰陽道では奇数がめでたくて、偶数が不吉だと聞いたことがある」

「それがどうかしたんですか？」

「高知から、窪川へ行く列車『志国土佐 時代の夜明けのものがたり』で、被害者が殺された」

「そうです」

「なぜ犯人は、往路で殺さなかったんだろう？　普通、観光列車といえば、たいてい往路をいうだろう。ところが、今回の犯人は、復路で殺している」

「それは、被害者が、復路にしか、乗れなかったからじゃありませんか」

「いや、高見恵二は、復路の切符も持っていなかったんだ。三杉克郎が、急に復路をキャンセルしたので、その8番Cの切符を使って、列車に乗って、殺されたんだ」

「つまり、犯人は、往路にだって、高見恵二を乗せることが出来たが、わざと、復路で殺したというのですか？」

「ではないかと、思うんだよ」

「それが、陰陽道と関係があるわけですか」

「これは、私の勝手な推理なんだ。そのつもりで聞いて欲しい。犯人は、高見を、あの列車の往路でも、復路でも殺すことが出来たが、何故か、復路にした。その理由は、何なのか。往路は九月二十三日で、奇数だから、陰陽道に詳しい高見恵二にとってめでたい奇数日になってしまう。だから、二十四日の偶数日に狙って殺したんじゃないか」

「だから、さっき、今日が何日か聞かれたんですか」

「ああ。犯人は、わざと偶数日を狙ったんじゃないか。だとすると、今日は二十六日で、偶数日だ。ふと、何かなければいいがと思ってね」

　と、十津川が、いう。

「今、午後十時十二分です」

「ああ」

「あと、一時間四十八分で、二十七日、奇数日になりますが、何も起きそうにありませんよ」

と、亀井が、笑った。

十時二十二分。

十津川のスマホが鳴った。

これには、十津川より、亀井の方が、眼を大きくした。

たいてい、こんな場合は、本人より、近くの人の方が、ぎょっとするのだ。

十津川は、スマホを耳に当てた。

相手は、三上《みかみ》刑事部長だった。

「夜おそく悪いが、すぐ茅ヶ崎《ちがさき》に行ってくれ」

と、三上が、いきなり、いった。

「事件ですか？」

「茅ヶ崎の別荘地区で、殺人事件が発生した」

「しかし、私は、高知県警との合同捜査の仕事がありますが」

「だから、君に行って貰《もら》いたいんだ」

と、三上が、いう。

十津川の顔が紅潮した。

「関連のある事件が、起きたんですか？」

「今、いった茅ヶ崎に亡くなった伊東《いとう》元首相の別荘があって、現在その夫人の伊東宏子《ひろこ》さんが、お手伝いと二人だけで住んでいるんだが、その宏子さんが、今夜の九時頃、殺されたという知らせが、神奈川県警から入った」

「それが、何故、高知の事件と関係があるとわかったんですか？」

「首相夫人は昔から、高見恵二、いや恵徳のフアンで、首相が存命の頃も、夫婦で、高見恵徳のパーティに出たり、最近も、夫人は、恵徳の後援会の会長になったりしているんだ」

「わかりました」

「すぐ、茅ヶ崎の地理に詳しい刑事とパトカーを、そちらに向わせる」

電話が終わるとすぐ、その刑事が十津川を迎えにやって来た。

谷《たに》という若い刑事で、実家が茅ヶ崎にあった高校時代には、伊東首相の別荘の近くをよく通ったという。

十津川と亀井がパトカーに乗ると、深夜の国道を、フルスピードで、茅ヶ崎に向った。

その日の中《うち》に、茅ヶ崎に着いた。

高台の別荘地には、神奈川県警のパトカーが集まっていた。

元首相夫人といっても、宏子自身、明治の元《げん》勲《くん》の子孫だったし、首相が存命の頃も、亡くなってからも、何かと、ニュースになる女性だった。

まだ、記者たちの姿はない。

神奈川県警の三浦《みうら》という警部が、事件の模様を説明してくれた。

「伊東宏子さんは、ご主人の元首相が亡くなられたあと、お一人で、この別荘に、お暮らしでした。この別荘は、宏子さんの祖父、R工業の社長さんが、建てられたもので、お気に入りだったそうで、お手伝いをおいていらっしゃいました。お手伝いの名前は、田中澄子《たなかすみこ》四十才で、母親の代から、伊東家で働いていた方で、宏子夫人の信頼も厚かったようです」

「他にも、この家で働いていた人はいるわけでしょう。例えば、車がありますが、宏子夫人が、自分で運転していたわけではないと思いますが」

「専属の運転手さんがいますが、この人は住み込みではなく、近くに住んでいて、必要に応じて、通ってきていました。ところで、事件の方ですが、お手伝いの田中澄子の証言によると、今日の夕方に、突然、宏子夫人が、今夜、大事なお客さんが二人見える。二人とも、シャンパン好きだといわれ、調べてみたら、一本しかなかったので、そう伝えたら、十時までに、いつもの店で、出来れば、半ダースほど買って来てと頼まれたというのです。何とかいう有名なシャンパンで、駅傍《そば》の洋酒専門店でしか売っていないそうで、宏子夫人も、その店以外では買わないそうです。もちろん、いつもは、持って来て貰っているのだが、今日は、店員が休んでしまっているので取りに来てくれといわれたそうです。そこで、お手伝いは、九時少し後に、タクシーで、買いに行ったといいます。宏子夫人は、お客は十時頃に来るといっていたので、お手伝いは半ダースを買いタクシーで、九時四十分頃、帰ったところ、ゲストルームで、倒れている宏子夫人を発見し、あわてて、一一九番したというのです。しかし、救急車が到着した時は、すでに死亡していた。そこでわれわれの出番になったわけです」

「とにかく、遺体を拝見させて下さい」

と、十津川は、いった。

この別荘は、大正末期に建てられたもので、現場のゲストルームは、和洋折衷《わようせっちゅう》でいわゆる大正レトロの感じだった。

広さは、三十畳くらいだろう。大きなシャンデリア、北欧風の大きなテーブルと、三脚の椅子。

女主人の宏子夫人と、二人の客のための椅子の数である。

テーブルの中央には、色鮮やかな花が飾られ、簡単な食事の用意がされていた。これに、高価なシャンパンが加えられて、楽しい酒宴になる予定だったのだろう。

その女主人の伊東宏子は、ゲストルームの隅に、俯伏《うつぶ》せに倒れて、死んでいた。

淡いブルーのドレス姿である。

夫の元首相と一緒に外遊した時に、よく着ていたドレスだと、十津川は思い出した。

「死因はわかっていますか？」

と、十津川は、三浦に、きいた。

「絞殺です。後頭部に裂傷がありますから、多分、犯人は、いきなり背後から、鈍器で被害者の後頭部を殴《なぐ》りつけ、倒れたところを、紐状のもので首を絞めて殺したと思われます」

「死亡推定時刻はわかりますか？」

「今のところ、午後九時十五分頃から、九時四十分の間です」

「それはつまり、お手伝いが、タクシーを呼んで、シャンパンを買いに出た時刻と、帰って来た時刻ということですね」

「そうです。二十五分の間に、犯人が訪ねて来て、伊東宏子夫人を殺して、逃げ去ったということです」

「犯人は、二人で間違いありませんか?」

「それは宏子夫人が、今夜、お客が二人来るといっていたわけで、二人だという確信は、ありません」

「犯人の指紋は採れそうですか?」

「それが、亡くなった女主人が、客を招くのが好きだったようで、ゲストルームは指紋だらけで、その中から、犯人の指紋を探し出すのは難しいと思います」

「犯人が、持ち去ったものは、わかりますか?」

「残念ながらわかりません。高価なものが多いのですが、それらは、盗まれていません。従って詳しく調べませんと」

と、三浦はいう。

確かに、このゲストルームの中だけでも、高価そうな絵があり、それは、盗まれていない。

十津川が見た死体の左手の指にも、大きなルビーの指輪があった。もともと、犯人は最初から、物盗りが目的ではなく、女主人、伊東宏子を殺すことが目的だったと思われるのだ。

「お手伝いを呼んで下さい」

と、十津川がいった。

2

お手伝いの田中澄子には、別室で会った。

小柄な丸顔の四十才の女性である。

さすがに、まだ、顔色が悪い。

「まだ、落ち着くのは、無理でしょうが、今日一日の夫人の様子を、話して貰いたいのですよ」

と、十津川は、いった。

澄子は、黙って肯《うなず》く。

「ここで働くようになって、長いんですか？」

「母が、昔から働いていて、私は、ここで、生まれました。私が、二十五才の時に、母が亡くなって、その時から、働かせて頂いています」

（それなら、夫人も、信頼していただろう）

と、十津川は、思い、彼女の話は信じられるだろうと思った。

「夫人は、どんな女性ですか？」

十津川は、そんな質問をしてみた。

「お優しくて、頭がよくて、おきれいで、話し好きで――」

「もう結構です」

と、十津川は、苦笑しながら、

「夫人は、いつも、何時頃に起きられるんですか？」

と、質問を変えた。

「だいたい、七時頃にお目覚めです。ご主人がお元気な頃は、もっと早く、六時には、お目覚めでした」

「今日も、いつも通りでしたか？」

「はい。いつもの通り、七時には、お目覚めになっていらっしゃいました」

「そのあと、夫人は、何をするんですか？」

「たいてい、庭を散歩なさって、時には、ご主人が中国大使だった頃に覚えた太極拳《たいきょくけん》をされたりなさいます。私は、その間に、朝食の準備をします」

「夫人は、朝食は、何を召し上がったんですか？」

「いつもの通り、お好きなアメリカ風の朝食でした。お一人になってからは、一日二食がいいといわれて、夜には、よく、お酒を召し上がっていました」

「今日も、いつもの通りだったんですか？」

「はい。自由奔放な方だといわれていますが、食事などは、いつも、同じものを、同じ時間に食べていらっしゃいました。お酒も」

「夫人が、今夜、大事なお客が、二人来るから、シャンパンを買って来てくれと、いわれたのは、何時頃ですか？　それとも、かなり前から、いわれていたんですか？」

「いえ。今日の夕方、突然いわれたんです」

「忘れていたのを、急に思い出されたんですかね？　それとも、急に、決まったことなんでしょうか？」

「急に決まったことだと思います」

「どうして、そう思うんですか」

「夕方、いつものように、ワインを楽しんでいらっしゃったんです。そうしたら、突然、呼ばれて、急に十時頃、お友だちが二人見えることになった。二人ともシャンパンが好きで、それも、何とかいう銘柄しか飲まないから、地下のワインセラーにあったかしらとおっしゃったので、私はすぐ地下のワインセラーに行って調べたら、一本しか残っていませんでした。二人来るから、それでは間に合わないので、すぐ、駅傍の洋酒店から持って来させてといわれたんです」

「それで、九時十五分頃、あなたが、タクシーを呼んで買いに行ったんですね？」

「そうです。いつもなら、届けて貰うんですけど、今日は洋酒店の店員さんが、休んでいるということで、私が、いつも使うタクシー会社に電話して、買いに行きました」

「半ダースのシャンパンを買った？」

「はい」

「九時四十分頃、帰って来たのは、間違いありませんね？」

「はい。十時にお客さんが来るといわれていたので、二〇分前に戻ればいいと思っていました」

「確認しますが、ここに戻ったのは、九時四十分に間違いありませんね？」

「はい。私を送ってくれたタクシーの運転手さんが『九時四十分。ちゃんと間に合いましたよ』といったのを、覚えていますから」

　と、田中澄子がいった。

「九時四十分に帰宅した時、中では夫人が殺されていたわけですが、家の外に、何かいつもと違う様子は、ありませんでしたか？」

　と、十津川が、きいた。

「いつもと違う様子ですか？」

「別荘の前に、見なれない車が、停《とま》っていたとか、窓が開いていたとか。玄関のドアは、カギをかけてからシャンパンを買いに行ったんですか?」

「玄関のドアは、自動でカギがかかります。開ける時は、ナンバーを押します」

と、澄子がいう。

十津川は、実際に、玄関に行き、玄関ドアを試してみた。

確かに、数字錠で、ナンバーは変えられるので、宏子は、毎年元旦にナンバーを変えていたという。

「夫人は、それだけ、用心深かったということですか?」

と、十津川がきくと、澄子は、やっと笑った。

「面白がっていらっしゃいました。ナンバーをご存知の親しいお友だちにわざと番号を変えたことを知らせずに、お友だちが玄関で立ち往生するのを面白がっていらっしゃるんです。もちろん、すぐ、手元のスイッチで、玄関を開けていらっしゃいました」

「前に戻りますが、シャンパンを買って戻ってきた時、別荘の様子も、別荘の周囲も、おかしなところはなかったんですね?」

「はい。いつものように、買った物を持って、ゲストルームに行きました。そうしたら、あんなことになっていて——」

と、澄子が声を詰まらせた。

「それで、すぐ、一一九番したんですね?」

「はい」

「テーブルの上には、豪華な花が飾られ、軽い食事の用意がしてありましたが、あれは、夫人の指示で作ったものですか？」

「軽い食事の方は、私が作っておきましたが、花の方は、夫人がご自分で生けられたんです。夫人は日輪流の先生でもいらっしゃいますから」

「帰って来た時、部屋には、電気がついていたんですね？」

「はい。夫人は家中の明かりを点《つ》けて、お客をお迎えになるんです」

と、澄子がいった。

「今から、ゲストルームに一緒に行って下さい」

と、十津川はいった。

宏子夫人の死体はすでに寝室に移されていた。

「この部屋で、何かおかしいというものがあれば、教えて下さい」

その言葉で、澄子は、真剣に部屋の中を見廻《みまわ》していたが、

「県警の刑事さんにもいったんですけど、夫人のスマホがありません」

「それは、多分、犯人が持ち去ったんだと思います。他にはありませんか？」

十津川がしつこくきく。

何とか、犯人の手掛りを見つけ出したいのだ。

「あの――」

と、澄子がいう。

「何か見つかりましたか？」

「どんなことでもいいんですか？」

「構いません。いって下さい」

「今まで気付かなかったんですけど、向うの時計」

　と、澄子が部屋の隅を指さした。

　そこにあったのは、高さ二メートル近い振り子時計だった。

　多分、何百万もする時計だろう。

「あの時計が、どうしたんですか？」

「止まっています」

「ああ、止まっていますね。あの振り子時計のネジを巻くのもあなたの仕事ですか」

　十津川がきくと、澄子が、

「そうじゃないんです」

　と、声を大きくした。

「私がシャンパンを買いに出た時は、動いていたんです。それも、九時十五分を指していたんです。それなのに、七時で止まっています」

　澄子の言葉と同時に、十津川と亀井が、時計にかけ寄った。

　間違いなく、七時ジャストで、二本の針は止まっていた。

　しかも、分銅《ふんどう》は、高いところで止まっているから、ネジは、一杯に巻かれているのだ。

「あなたが、出かける時、この振り子時計が、九時十五分を指していたのは、間違いないんですね？」

　十津川が振り向いて、きく。

「はい。それを見てから、出かけたんですから間違いありません」

「夫人の悪戯《いたずら》だと思いますか？」

「夫人は、そんなことはなさいません」

（と、なると、あとは、伊東宏子を殺した犯人しかいない）

しかし、何のために、そんなことをしたのか。

「警部。そこの床に人形《ひとがた》の線が描かれています」

と、亀井がいった。

県警の刑事が、死体のあった場所に線で人形を描いておいたのだ。

それを見れば、伊東宏子の死体が、振り子時計の前に、横たわっていたことがわかる。

（だとすると、時計を、わざわざ七時で止めたのは、犯人のメッセージなのか）

としても、

七時がメッセージなのか。

七という数字がメッセージなのか。

それも、わからない。重大なことなのか、単なる悪戯なのかもわからない。

「カメさん。鑑識に頼んで、この時計についた指紋を入念に採るようにいってくれ」

と、十津川はいった。

「指紋が出ないかも知れませんよ。それでも構いませんか」

「指紋が出たら、これは、悪戯なんだ」

「拭き消されていたら？」

「犯人のメッセージの可能性がある」

といってから、十津川は、ハンカチで、顔を拭いた。あぶらが浮んでいる。

「少し休もう。夜が明けたら、ここは、修羅場《しゅらば》になるからね」

「私は、どうしたらいいでしょう？」

澄子がきく。彼女が、一番疲れた顔色だった。

「あなたが、一番マスコミに追いかけ廻されるのは間違いない。正直に何もかも話す勇気がありますか？」

「今は、何も喋りたくありません」

「近くに、信用できる知り合いがいますか？」

「私は、母の代から山形から出て来た田舎者ですから、近くにそういう人はいません。近所の人は、皆さん親切ですけど、ご迷惑はかけられませんし――」

「北条《ほうじょう》君」

と、十津川はすぐ北条早苗《さなえ》刑事を呼んで、

「この人を、警視庁へ連れて行って、大切に保護するよう部長にいってくれ」

と、命じた。


早苗が、澄子を連れて行ったあと、亀井が、心配して、いった。

「マスコミは、警察が彼女を隠したと非難しますよ」

「隠したんじゃない。殺人容疑で逮捕して、訊問中だ。何しろ、彼女は容疑者第一号だからね」

十津川がいうと、亀井は、ニッコリして、

「忘れてました。彼女は、容疑者第一号でした」

「そうだよ。とにかく眠ろう」

寝室には、遺体を安置してあるので、十津川たちは、ゲストルームの椅子を並べ替えて、眠ることにした。

3

夜が明けていく。

国道を車が走り出し、電車が動き出す。

十津川の予想通り、茅ヶ崎の伊東宏子の別荘には、忽《たちま》ち、新聞記者たち、テレビ局の中継車が押しかけて来て、戦場になった。

警視庁の三上刑事部長が、記者たちや、テレビカメラに、応対している間に、十津川は、神奈川県警の三浦警部に、田中澄子を、保護した旨を知らせた。

十津川には、もう一ヵ所連絡しなければならないところがあった。

高知県警だった。

それは、亀井刑事に委《まか》せた。

三上刑事部長は、四国の殺人事件との関連ありと見て、この茅ヶ崎に、十津川を寄越《よこ》したし、十津川自身も、関係はあると判断したが、証拠はない。

これから、その証拠を見つける必要があった。

マスコミというのは、面白い。

元首相夫人殺害の第一報をのせようと、各新聞社の記者が殺到したが、現場の写真を撮り、記者会見が終ると、夕刊に間に合わせるために一斉に引き揚げて行った。

テレビの中継車は、居すわっているが、テレビ放送のためで、現場で、十津川たちを邪魔することはしなかった。

伊東宏子の死体は、司法解剖のために、大学病院に運ばれて行った。

残るのは、伊東宏子の家族だった。

故伊東元首相との間に、一人息子、伊東政志《まさし》四十才がいる。

政治家を目指して、父の議員在任中は第一秘書を長くやっていたが、現在、厚労副大臣を務めて、東京都内に住んでいた。

新型コロナ問題では、厚労省がその矢面《やおもて》に立っているから、副大臣の伊東政志は、当然忙しい。

母の死を知らされて茅ヶ崎に来れば、マスコミにつかまって、新型コロナ問題について、質問攻めになる恐れがあるとして、夜明け前に、ひそかに、夫婦だけで大学病院にやって来た。

母宏子の遺体を拝んでから、あわただしく帰って行った。

「何か質問があったら、家内が答えますから」

と、政志はいうが、妻の洋子《ようこ》も、彼の秘書として新型コロナ対策本部で働いているので、夫と一緒に、帰ってしまった。

十津川としては、その方が有難かった。

神奈川県警と協力して、別荘の中を自由に調べられるからだ。

死んだ伊東宏子は、行動派の首相夫人として、世界中を走り廻り、夫の政策に口を出して、批判を浴びることが多かったからか、彼女の人生はマスコミでよくとり上げられていた。それを写真や、ＤＶＤ、新聞、雑誌の切り抜きで、大量に残していた。

十津川たちは、県警の刑事たちと、それに一つ一つ、眼を通して行った。

別荘には、特別室があって、そこに厖大《ぼうだい》な資料が入っていた。

各国から贈られた美術品も、あった。

とにかく、伊東宏子という女性は、自己愛が強かったらしく、自分に関係のあるものは、全て、集める癖があったとしか思えない。

小学校時代の成績表もあるし、運動会で二等になった時の動画も保存してあった。

「この部屋に一週間いたら、伊東宏子の一代記が書けますね」

と県警の三浦警部は笑ったが、十津川たちは、一代記を書くために捜査しているのではない。

疲れて、十津川は、屋上に出た。

続いて、三浦が、出て来た。

間近に、相模《さがみ》湾が広がっている。

「私の家は、ずっと茅ヶ崎に住んでいましてね」

と、三浦が海を見ながらいった。

「戦争末期に、本土決戦が叫ばれましてね。アメリカ軍の主力は、相模湾に上陸してくるということで、祖母も、竹槍《たけやり》訓練をさせられたそうです」

「あの海からですか」

十津川は、何となく肯く。

新型コロナさわぎで、神奈川の海は遊泳禁止になっているが、何人かのサーファーが、平気で泳いでいた。

「警部」

と、声がして、亀井が屋上に上がって来た。

手に持っているのは、大きな額縁だった。

「これを見て下さい」

と、十津川の眼の前に、突き出した。

この別荘のゲストルームの写真だった。

見覚えのあるテーブルと椅子。テーブルの上には、今回と同じように、豪華な花が飾られている。

テーブルの周囲には、九人の男女。

その中に、高見恵二（恵徳）と、伊東宏子の姿があった。

他の七人は、男が三人と、女が四人。

ほとんど中年だが、着ているものは、ひと目で高価とわかる。簡単にいえば、上流家庭の人々だろう。

全員の前に、ワイングラスが置かれているところを見ると、ワインで乾杯したあとの記念撮影か。

全員が、トルコ帽子に似たものをかぶっているところを見ると、何かの儀式か。

とにかく、これで、伊東宏子が、四国で殺された高見恵二（恵徳）と、親しかったことがわかって、十津川はほっとした。

特別室の調査は続いていたが、屋上で問題の写真を見ながら、十津川と三浦が、話し合った。

「この中の残りの七人の中に、伊東宏子を殺した犯人がいるかも知れませんね」

と、三浦がいった。

「その可能性は否定できませんね。この中の一人か二人なら、伊東宏子は夜でも、警戒せずに、迎え入れるでしょうから」

「それにしても、これは、何のパーティで、どんなグループですかね」

「宏子夫人は、顔が広くて、賑《にぎ》やかなことが好きだったというから、夫人を囲むグループじゃありませんか」

「しかし、それにしては、九人の中央に夫人がいませんよ」

「まん中にいるのは、この中で一番若い感じの女性ですね」

「二十代か。いや、もっと若い十七、八才ですかね。他の男女がいずれも中年なので、この若さは目立ちますよ」

「よく見ると、この女性は、仮面をかぶっていますね」

「そうですね。確かに、仮面をかぶっています」

「何故かな」

「亡くなった夫人は、明治の元勲の子孫でしたね」

「そうです」

「この若い女性も、同じような出自を持っているんじゃありませんか。伊東夫人の主催する何かの会に入ったが、まだ十代なので、顔を見せてはいけないということで、仮面をかぶっている。そんなことじゃありませんかね」

「そうですね。今は考えられないが、昔からの華族の家柄には、二十代にならないうちは、顔をさらしてはいけないという家訓のようなものがあって、仕方なく仮面をつけさせたといったことじゃありませんかね」

4

　その写真から、十津川は、高知県警の原田刑事に、電話する必要を思い出した。

「今、伊東宏子夫人の別荘にいます」

　十津川が電話でいうと、

「その事件をニュースで見ていました」

「夫人はゲストルームで殺されていたんですが、邸内を調べていたら、一枚の写真が見つかりました。夫人と高見恵二（恵徳）が一緒に写っているので、二人が親しかった証拠になると思います。複写をして、そちらに送ります」

「私は、なるべく早く、そちらに伺うつもりです。合同捜査について、うちの青木《あおき》警部も、意見交換したいと申していますので」

「お待ちしています」

「東京では、列車の切符をキャンセルした三杉克郎さんにも、会って、聞きたいことがあるのです」

　と原田が、いった。

「三杉克郎に、何か疑問点が、出て来ましたか？」

「彼が、キャンセルして、被害者が、それを使うことになった『志国土佐――』の二号車8番Cの切符について、何処《どこ》で購入したかを聞き逃してしまったので、それを確認したいのです」

「――」

「十津川さん。聞こえますか？」

「大丈夫です。キャンセルした切符の番号のことですね」

「そうです。二号車8番Cの座席です」

「助かりました」

「助かったって、何がですか?」

原田は、明らかに、何だかわからずに戸惑っている。

「今すぐ、複写写真をそちらに送って、それから、説明します」

と、十津川はいった。

写真が向うに着いたのを確かめてから、

「伊東夫人が、殺されていたゲストルームには、大きな時計がありましてね、犯人と思われる人間は、その時計を、七時に止めて、逃げているのです。それが、何のメッセージかわからずに、困っていたのです。それが、今の原田さんの言葉で、氷解しました。こちらから送った九人の写真ですが、九人それぞれに番号がついています。八番の高見恵二(恵徳)に、犯人は、8番Cの切符を持たせて殺し、今度は、伊東夫人を殺して、死体の傍の時計を七時に止めて逃げた。つまり、最初に八番の高見を殺し、次に七番の伊東夫人を殺して、それを犯人は、メッセージにしたのではないかと考えるのです」

と、十津川は、いった。

「順番に殺すぞというメッセージですか」

「普通なら、一番、二番と殺していくのでしょうが、今回の犯人は、八番、七番と、逆に殺していくつもりではないかと」

「狙われているのが、この写真の九人ですか?」

「断定は出来ませんが、とにかく、その写真の中の二人が殺されています」

　と、十津川は、いった。

「しかし、写真には、九人の男女が写っていますが」

「その点は、こう考えてみました。九人にはそれぞれ番号がついていたけれど、何か都合があって、八番から殺していくことになってしまった。八番、七番と殺していって、最後に、九番を殺して、殺人計画を完成させる。そんなことを考えているのではないかと、推測しているんですが、間違っているかも知れません」

「この写真の九人がどんなグループなのかわかれば、三人目を殺す前に、犯人を逮捕できますね」

　と、原田がいう。

「こちらでは、何とかして、グループの実体を明らかにするつもりです」

　と、十津川は、いってから、

「もう一つ、気になっているのは、伊東夫人が殺されたのが、昨日で、九月二十六日だということなのです」

　と、奇数、偶数説を説明した。

「高知で、高見恵二が殺されたのが、偶数の二十四日、伊東夫人が殺されたのが、九月二十六日。偶数日です」

「高見恵二が信じていたという陰陽道ですね」

「犯人も、陰陽道を信じていて、殺す相手にとって不吉な偶数日に兇行《きょうこう》を行っているのではないかと、勝手に考えているわけで、これが当っているかどうかは、自信ありません」

と、十津川は、いった。

「今日は、二十七日、奇数日ですね」

「そして、明日は、二十八日、偶数日です」

「三人目の六番の人間が、殺されると、考えるんですか？」

「あくまでも、推測です」

と、十津川はいった。

このあと、十津川は、神奈川県警と、特別室の捜査を、続けた。

問題の写真に写っている九人の男女。その九人が写っている他の写真を、見つけたいのだが、いっこうに出て来なかった。

十津川は、不思議だった。

伊東夫人の人好きは有名だったし、さまざまなグループの役員をしていたことも、知られていた。

そんな写真や、ＤＶＤは、山のように見つかったが、問題の九人が揃《そろ》って写っているものはなかった。

5

翌九月二十八日。

偶数日である。

十津川は、緊張したが、丸一日が過ぎても、例の写真の中の残りの七人の人間が、殺されたという知らせは、なかった。

九月二十九日。

高知県警の捜査一課の青木警部が、原田刑事と茅ヶ崎警察署の捜査本部に、十津川を訪ねてきた。

　青木とは、初対面である。

　青木が、東京の雑誌「旅と歴史」社を訪ね、問題の記者、三杉に会うというので、十津川も同行することにした。

　四人では、相手に圧力をかけてしまうと考えて、十津川は、青木と二人だけで東京に向った。

「旅と歴史」社は、四谷三丁目の古い雑居ビルの中にあった。

　十津川たちは、近くのカフェに呼び出して、三杉に会った。

　青木が、最初に聞いたのは、

「高知の列車で起きた事件は、いつ雑誌にのるんですか？」

だった。

「次号は、合併号になるんで、十月二十日に出ます」

と、三杉は、いった。

「全部、書いたんですか？」

　十津川がきいた。

「全部って、書くべきことは全部書きましたよ」

「『志国土佐 時代の夜明けのものがたり』号であなたが、キャンセルした復路の座席で、高見恵二が殺されたこともですよ」

「8番Cの座席に座っていた高見恵二が殺された。青酸入りのビールを飲まされて、と書きましたよ」

「あなたが、キャンセルした復路の8番Cということは、書かなかったんですか？」

と、青木が、きく。

「事実を書くのが、列車を使った旅行記です。私は、復路に乗っていなかったんだから、構わないでしょう」

「しかし、あなたがキャンセルした座席《シート》に座っていて、殺されたんですよ」

「それは、偶然ですよ」

「ところが、偶然ではなかったようなのですよ」

「いや、私が、復路の切符をキャンセルしたのは偶然ですよ。窪川に着いてから、急に、足摺岬に行きたくなったんですから。何度でもいいますが、誰かからの指示でキャンセルしたんじゃない。窪川に着いてから、急にキャンセルしたくなったんです」

「急に足摺岬に行きたくなった？」

「そうです。そんなことって、よくあるでしょう」

と、三杉はいった。

「それなら、何故、急に、足摺岬に行きたくなったのか、その理由を、いって下さい。理由がある筈《はず》でしょう？」

「それは、私の個人的な問題で、殺人事件には関係ありませんよ。私がキャンセルした座席に座っていたのも、偶然でしょう」

と、三杉は、主張する。

「しかし、警察としては、偶然とは考えていないのですよ」

十津川はいい返した。

「逮捕するんですか？」

と、三杉は、眉根を寄せた。どうやら、感情的になる性格らしい。十津川は、笑顔を見せて、

「そんなことはしません。あなたはあくまでも、参考人ですし、アリバイもはっきりしていますからね。ただ、事件解決のために、協力して頂きたいのですよ」

と、いった。

「協力してますよ。列車のキャンセルのことも話したし、足摺岬に行ったことも話したじゃありませんか。それに、殺された高見恵二という人間とは、会ったこともないし、話したこともありませんよ」

「しかし、あなたが働く『旅と歴史』社と、高見恵二の事務所のあるビルは、同じ四谷三丁目にありますね。その間の距離は、歩いてもせいぜい二、三分です」

十津川がいうと、三杉は、笑った。

「それは、人にいわれて、初めて知ったんですよ。同じ四谷三丁目だといっても、だからつき合いがあるとは、決まっていないでしょう。うちが入っているのは、古い雑居ビルで、向うの事務所があるのは、新築のオフィスビルです。全然、違いますよ。その点はよく調べて下さいよ」

と、三杉は、また、眉根を寄せた。

「九月二十六日に、神奈川県茅ヶ崎で、故伊東元首相の宏子夫人が殺されたことは、知っていますか？」

今度は、高知県警の青木警部が、きいた。

「ニュースで、知りましたよ。あの元首相夫人はいろいろと有名な人ですからね」

「警察としては、高知の事件と、関係があると見ているのですが、三杉さんは、どう思われますか？」

と、青木が続けて、きく。

三杉の表情が、また険しくなった。

言葉も、きつくなった。

「そんなことを、私に聞いて、どうするんです？　警察の仕事でしょう」

「三杉さんが、雑誌に書かれたものを、いくつか拝見しました」

十津川は、少し引いた感じでいった。

「感心したのは、ただの旅行記録ではないことです。政治とか、社会に対して、時には感心したり、怒っていたり、その正直さは、貴重なものですよ。今は、事なかれで、黙っている人が多いですから」

十津川が、誉《ほ》めると、三杉は、照れ臭そうに、笑った。

（この人は、感情が素直に出てしまう人なのだ）

と、十津川は、思った。

（九月二十四日に、突然、列車をキャンセルして、足摺岬に行ったのも、正直な感情の表れなのだろう）

そこで、いったん、事件を離れた質問を入れることにした。

「今、三杉さんが、一番、怒りを感じているのは、何ですか？」

と、十津川は、聞いてみた。

「それは、沢山ありますよ」

「そうでしょうね。私も、刑事として、さまざまな事件にぶつかっているので、抱え切れないほど腹を立てています」

「刑事さんもですか」

やっと、三杉は、機嫌を直した感じで、

「今、一番腹が立っているのは、日本人の忘れっぽさですね」

「それは、よくいわれますね」

「戦争についてだけかと思っていたら、現在の政治家も同じなので、呆《あき》れているんです。問題が起きても、平気で忘れたといったり、証拠の文書を焼却したりする。全く、戦争中と同じですよ。証拠書類を焼却してしまえば、事件がなかったことになるみたいに思っている。それに腹が立つんですよ」

三杉は、急に、雄弁になった。

十津川は、それを止めずに、

「同感です」

と、いった。別に、相手におもねたわけではなかった。

「私も、時には、戦争中のことが根にある事件にもぶつかるんです。そんな時に、証拠になる資料が、燃やされていると、あなたと同じように、腹が立ちますよ」

十津川が、いうと、三杉は、意外そうな表情を、作った。

「そうですか。刑事さんでも、そんなことを考えるんですか」

「事件は、現在だけに、限られていませんからね。今いったように、原因が、戦争中にあれば、戦争について、調べる必要が出て来るんです。その時には、正しく戦争に向き合わなければならない。当時の新聞は、戦争讃美一色ですからね。それにまどわされると、現実の判断を誤るんです」

「刑事さんが、わかっていて下さって、ほっとしましたよ」

と、三杉は、ニッコリした。

それを見て、十津川は、三杉が足摺岬について、頑《かたく》なに説明を拒否するのは、戦争に原因があるのかと思ったが、それを聞く前に、三杉が、

「刑事さんに、見て貰いたいものが、あるんです」

と、いって、白い封書を、取り出した。

「高知から、東京に戻った直後に、マンションの郵便受に放り込まれていたんです」

二人の刑事は、封書の中身を取り出した。

三杉は、黙って見守っている。

「沈黙」

の文字。二人の刑事は、顔を見合わせる。

「これ以外に、無言の電話が、かかって来るようなことは、ありませんか？」

と、青木が、きいた。

「それは、ありません」

「これは、九月二十六日に郵便受に入っていた

んですね」

「そうです。朝、入っていたんです」

「これは、手書きですが、筆跡に見覚えがありますか?」

「ありません」

「あなた自身は、原稿は、手書きですか? それとも、パソコンですか?」

「たいていは、ノートパソコンですが、それがない時は、ペンでも、書きますよ」

「社の皆さんも、同じですか?」

「そうです」

「これをお預かりしたいと思いますが」

「もちろん。持ち帰って警察で調べて下さい」

これで、仲直りした感じを、十津川は、受けたのだが、別れたあとで、青木は、

「どうも、扱いにくい男ですね」

と、舌打ちした。

「この手紙ですが、先に高知で預からせてくれませんか。うちで起きた事件のことで、黙っていろと脅しているわけですから」

と、青木がいった。

「どうぞ」

と、十津川は、青木に渡した。

高知の事件の直後に三杉が受け取ったものだから、十津川に文句はなかった。

ただ、ほんのわずかだが、疑問はあった。

この手紙は、青木のいうように、間違いなく、「黙っていろ」という脅しである。

しかし、何を黙っていろといっているのかがわからないのだ。

三杉は、問題の列車の帰路について、キャンセルしたことは認めている。

戻した乗車券が、8番Cだったことでもある。

また、三杉は、直接、高見恵二の殺害に関係しているわけでもない。

と、すると、この手紙の主は、三杉に対して何を黙っていろと脅しているのか。

三杉が、警察に対して、証言を拒否しているのは、突然、足摺岬へ行った理由である。

それについて、黙っていろといっているのか。

だとすると、三杉が足摺岬に行ったことと、事件は関係があるのか。

(わからないことが、重なってきた)

と、十津川は、思った。

第三章　秘密指令・昭和二十年五月二十五日

1

（三杉克馬《かつま》）

　これが、三杉の祖父の名前である。

　三杉家の先祖は、土佐藩の下級武士だった。

　祖父の更に父親を調べると、土佐藩最後の武士の一人でもあった。三杉克之進《かつのしん》といった。

　彼は、同じ下級武士の坂本龍馬に兄事《けいじ》していて、生まれた男の子に、龍馬の一字をとって、三杉克馬と命名した。

　克馬が生まれた時、大正十一年になっていた。

　三杉克馬は、幼児から、坂本龍馬に憧れ、十代の時には、昭和の坂本龍馬たらんと志し、龍馬が海援隊をひきいたのに倣《なら》って、海軍兵学校に入校した。海兵七〇期である。

　時勢は航空機が主力になると見て、克馬は海軍兵学校卒業後に海軍練習航空隊飛行学生を志願し、戦闘機乗りの道を進んだ。

　太平洋戦争が始まり、戦局の悪化を横目に、昭和十九年二月、戦闘機の訓練を卒業する。

　当時の克馬は、戦闘機乗りとしては優秀で、性格は明るくロマンチストだった。

そこも、坂本龍馬に似ていた。

龍馬は、若い時、江戸に出て、千葉《ちば》道場で、剣を学び、免許の腕になったが、生涯、人を斬らなかったといわれる。

彼のエピソードとして有名なのは、最初に会った時は、剣を見せて、これで身を守るといい、二回目には、高杉晋作《たかすぎしんさく》から貰《もら》った拳銃を見せ、最後には国際法の翻訳本を見せて、これが守ってくれると自慢したというものである。

現実にも龍馬は、亀山社中《かめやましやちゆう》を結成すると小型の商船を使って貿易を始めるが、紀州《きしゆう》藩の大型船と衝突して沈没。その時、得意の国際法を使って、多額の賠償金を手に入れている。

克馬は、それに倣って、兵学校でも、大戦中でも、国際法の勉強をおこたらなかった。

その時、克馬が心配したのは、日本の軍部が国際法を無視することだった。

一九三四年（昭和九年）日本でも、枢密院《すうみついん》の本会議で、捕虜および抑留者の扱いについてのジュネーブ条約の批准が検討された。その時、陸軍は、肯定的だったのに、国際的といわれる海軍が、反対したのである。

更に、太平洋戦争に入った一九四二年（昭和十七年）一月二十九日には、アメリカとイギリスから、ジュネーブ条約を日本は批准していないが、お互いに条約に準ずる扱いをしようと、提案してきたのに、それも日本は無視しているのである。

克馬は、そのことが心配だった。龍馬なら、逆に、ジュネーブ条約を武器にして、アメリカ、イギリスと渡り合っただろう。

　海軍が、このジュネーブ条約に反対した理由は、簡単だった。

　まず、捕虜になるくらいなら自死せよと教える戦陣訓《せんじんくん》がある。しかし、最も強い理由は、身勝手なものだった。

　昭和十七年一月なら、まだ、海軍は勝利に酔っていて、敗《ま》けることを考えていなかった。そうなれば、捕虜が多いのは、アメリカ、イギリス側である。

　そんな多数の捕虜を大切に扱えという条約を批准しても、トクは何もない。陸軍は、捕虜たちを歩かせればいいが、海軍の場合は、船に乗せて運ばなければならない。そんな船を用意するのはバカらしいという考えである。

　海軍の上層部や政治家が、ジュネーブ条約反対だから、条約のことを教えようとしない。従って、ほとんどの日本陸海軍の将兵が、ジュネーブ条約を知らなかったのである。

　そのことに、平気だったということは、人命軽視につながっていくのである。

　更に人命軽視は、捕虜の虐待につながり、占領地の民間人に対する乱暴になっていく。

　特に、同じアジア人に対する蔑視が、問題を起こし、戦後の東京裁判でのＢＣ級戦犯の悲劇になってくるのだ。

　そのことに、克馬は、心を痛めていたが、彼自身の成長と、軍務は、順調だった。

　練習航空隊を優秀な成績で卒業すると、その腕を買われて、若手パイロットの教官となった。

この時、結婚する。相手は、元海軍少将の一人娘、小島夏子《こじまなつこ》である。

一時、フィリピンの前線基地に送られ、アメリカのグラマンF6Fや、ノースアメリカンP51と、戦闘をまじえたが、パイロット不足から若手の訓練が急務ということで、再び、内地の海軍航空基地で、若手への指導を命ぜられた。

パイロット不足にも拘《かかわ》らず、人命軽視は続いた。

その一つの例として次のような話がある。

戦後、ある海軍士官は、次のように告白している。

「アメリカは、爆撃に出発する時は、爆撃する場所の周辺の海に潜水艦を配置し、また、救助用の飛行艇を飛ばして、撃墜されたパイロットを、何が何でも助けようとしていた。その点日本は、そんな手配を全くしていなかった。だから、助かるパイロットも助からなかったのだ」

こうしたことが重なって、日本のパイロット、特にベテランパイロットが、次々に失われていった。

あわてた軍部は、パイロットの速成を考えた。

そのための機関が、陸軍の少年飛行兵学校と、海軍の飛行予科練習生（予科練）であり、どちらも、二十才未満で入学し、二年間の学習で卒業する。

速成だが、なんとかパイロットが出来あがる。

それでも、教育のための教官が不足するので、一度、第一線に送られた三杉克馬は、急遽《きゅうきょ》、内地に戻り、新人の教育に当ることになった。

2

この時点では、まだ、特攻の声は起きていない。

今まで通り、戦闘機乗り希望学生は、その訓練を受け、爆撃機希望学生は、その訓練を受けた。

教官として、内地に戻った克馬にとっても、一番、心安まる時だったに違いない。

訓練飛行場の近くに、新妻と家を借りて住み、時々、学生を家に呼んだ。

戦闘機乗り希望の学生たちは克馬に、ゼロのことを聞きたがった。

すでに克馬はフィリピンの前線基地で、五二型ゼロ戦に乗って戦闘を経験していたからである。

克馬は、正直に実戦の話は出来なかった。

緒戦の頃、ゼロ戦は間違いなく、世界一の戦闘機だったが、今は、二流になってしまっている。

フィリピンの前線基地に派遣され、ゼロ戦の改良型で、アメリカの最新型の戦闘機と、戦った。

アメリカの艦載機　グラマンＦ６Ｆ
〃　チャンス・ボートＦ４Ｕ
陸上戦闘機　ノースアメリカンＰ51
〃　リパブリックＰ47

いずれも、ゼロ戦の倍以上の、いわゆる重戦闘機である。

発動機は二〇〇〇馬力、最高速度六〇〇キロ以上。

武装は、一二・七ミリ機銃六門。P51は、その重武装の上に、ロケット砲や爆弾を積む。

格闘戦なら小廻《こまわ》りの利くゼロ戦優位だが、今は、編隊同士の戦いである。そうなれば、重武装とスピードが物をいう。

更にいえば、防御力が桁《けた》違いだった。

戦闘になると、一撃で日本機は炎上するが、アメリカ機は、弾丸が命中して煙を出しても、なかなか墜落しない。しかし日本機で防弾を厚くすると、スピードが落ちてしまうので、結局、防弾は強く出来なかった。

克馬としては、そんな悲観的な話は出来ないので、ゼロ戦は、まだ素晴らしいという話しかしなかった。

内地にいる間に、長男が生まれた。

克郎の父である。

名前は克也《かつや》。これは父親の克馬が名付けた。

戦況は不利が続いても、まだB29の爆撃もなく、克馬の周辺はなごやかな日が続いた。

それが昭和十九年十月に、フィリピン基地から、初めての航空特攻、神風《かみかぜ》特別攻撃隊が出撃して、戦果をあげたことで事態が、一変した。

神風特別攻撃隊　敷島《しきしま》隊。隊長は関行男《せきゆきお》大尉以下五名。二階級特進して海軍中佐。

五機で、アメリカ空母他、五隻の艦船に体当りし、四隻を沈め、一隻を大破させた。

望外の大戦果だった。

海軍上層部は、この戦果に歓喜し、特攻を続ければ、アメリカに勝てるかも知れないという錯覚にとらわれるようになった。

特攻の継続、ではなく、全員特攻である。

予科練の学生たちは、特攻に廻された。当然、訓練の方法も、激しく変わった。

今までは、戦闘機の訓練だった。が、これからは、体当りの訓練である。

機銃を使う必要もない。

宙返りの訓練も、必要ない。

極端なことをいえば、一度離陸したら、敵艦船に体当りして、必ず死ぬのだから、着陸の必要もないのである。


特攻機に、二五〇キロ爆弾を積み込み、離陸したら、敵のレーダーを避けるために、海面すれすれに飛ぶ。

敵の艦船に近づいたら、急上昇に移る。

上昇したら、次に、目標の艦船に向って急降下し、体当りする。

この時、ゼロ戦のような軽い機体は、揚力《ようりょく》で浮き上がるので、操縦桿《かん》は下に向けて、全力で押さえ込まなければならない。

簡単なようだが、難しい。

何しろ、若い特攻隊員は、十七才。その上たった二年間の操縦訓練しか受けていないのだ。

体当りのため、急降下に移ると、たいていの隊員は、恐怖から眼《め》をつぶってしまうのだ。それでは、体当りは難しい。

だから、克馬は、この攻撃に反対して、

「関大尉たちが成功したのは、彼等が、優秀なパイロット技術の持主で、アメリカ側が、まさか体当りしてくるとは思ってもいなかったからで、これからは、たった二年の飛行訓練と未知の体当りで、成功する可能性は少いと思います」

と、いった。

「しかし、事ここに到っては、これ以外の方法は、ないんだよ」

と、第二航空艦隊司令官はいった。

更に、克馬を愕然《がくぜん》とさせたのは、ゼロ戦は、本土決戦用に残しておくとして、その代りに、特攻に使うのが、海軍の練習機「白菊《しらぎく》」になったことだった。


白菊は、五人乗りの実習機である。

克馬も、学生時代に、この練習機に、何回も乗っていた。

○海軍機上作業練習機「白菊」
全幅　一四・九メートル
全長　九・九メートル
全備重量　二五六九キログラム
最大速度　二二四キロメートル／時
航続距離　一一七六キロメートル

この飛行機は海軍が偵察搭乗員を訓練するため、昭和十七年以後約八〇〇機が生産された。

この八〇〇機という数に眼をつけられたに違いなかった。それに、太平洋戦争突入後製造という新しさもである。そのため、練習機としては珍しく、単発エンジンで、単葉である。

この白菊で白菊特攻隊を作ろうというのだ。正式名称は菊水《きくすい》白菊隊。

そのために、特攻隊員としての訓練が行われる一方、特攻機として、改造も行われた。

まず、燃料である。満タンでも四八〇リットルしか積めないので、航続距離は約六〇〇キロである。

その距離を延ばすために、ゼロ戦が使っている落下用燃料タンクを、胴体内に押し込んで固定した。

また、二五〇キロ爆弾を積み込むのだが、機内でも、安全装置が外せるように、主翼の付け根に解除レバーを取り付けた。

これで、「白菊」は、完全に、特攻機になったのだ。

一方、昭和二十年三月になると、克馬の教え子たちは、正式に、特攻隊に組み込まれた。

これは、唐突な命令だった。

パイロットたちに、突然、集合が命ぜられ、航空隊司令官が、強い口調で、

「これから話すことは、軍の機密事項であり、絶対に口外してはならない」

と、いい、続けて、

「我が国の連合艦隊は、消滅したと考えなければならない。アメリカ軍は、次に台湾か、直接本土に上陸してくるかも知れない。この難局に際して、残された手段は、諸君ら搭乗員が、一機で一艦を沈める体当り攻撃以外に方法はない。

よって、われわれは、全保有機をもって、神風特別攻撃隊を編制し、体当り攻撃を実施する」

予想されていたことなので、克馬自身は、さして驚かなかったが、若い搭乗員たちの顔には、明らかに、動揺が見られた。

もちろん、日本の軍隊、特に、海軍は、上《じょう》意《い》下《か》達《たつ》を重んじてきた。

上が命令して、下がその命令に従うというだけではないのだ。日本の場合は、上からの命令は、批判せず、しかも、できるだけすみやかに実行せよということなのだ。

その上、軍人勅諭《ちょくゆ》には、「上官からの命令は朕《ちん》（天皇）の命令と心得よ」という意味の文章がある。

この二つを重ねると、どんな命令でも、天皇の命令と同じであるから、批判は許されない。その上、一刻も早く、実行せよという。これ故に、中央（海軍でいえば、軍令部）から地方の捕虜収容所に収容しているＢ29搭乗員の捕虜を処刑せよという命令がくれば、反対が出来ないだけでなく、なるべく早く実行しなければならなかったのである。

そのため、戦後、数多くのＢＣ級戦犯が弁明も出来ず、処刑されている。

このような規律があるために、特攻命令に対して、若い搭乗員の中から、反対の声は出なかった。それに、十七才では、死ぬことの実感は持てない。

そして、特攻のための訓練が始まった。

特攻機が機上作業練習機「白菊」と、決められた。

　これにも、克馬は、反対した。

　白菊は、あくまでも、練習機である。戦闘には不向きだし、もちろん特攻にもである。

　第一の問題は、最高時速の遅さである。エンジンをもっと高馬力に替えて、スピードをあげるならまだしも、二五〇キロ爆弾を二個も吊《つ》り下げるようにして、更に、航続距離を延ばすために、落下用タンクに、燃料を詰めて、胴体に押し込むのである。

　もともと最高時速二二四キロと遅いのだが、更に落ちる。

　練習機で、武装はゼロだから、アメリカのグラマンＦ６Ｆや、ノースアメリカンＰ51に見つかったら、逃げられない。

　もう一つの致命的欠陥は、急降下が出来ないことだった。

　特攻をする際に、敵のレーダーに捕まらないために、海上すれすれの低空で近づき、敵艦に近づいたら、急上昇して、最後に急降下して、体当りすると、教える筈《はず》だったが、与えられた白菊は偵察の練習機だったために、最後の急降下が出来ないのだ。

　急降下すると、機体がバラバラになってしまうのである。

　では、どうすればいいのか。

　超低空で敵艦に近づき、ゆるく降下しながら、体当りする以外はない。

　しかし、最近のアメリカ機動部隊は、輪形陣といって、空母を中心に巡洋艦、駆逐艦《くちくかん》が周囲をかためている。

　こちらとしては、目標は空母だが、巡洋艦、駆逐艦が邪魔で、近寄れない。

　駆逐艦は、最速三五ノット（時速六五キロ）だから、低速の白菊では、なかなか追いつけないのだ。

　戦争中、アメリカ海軍で、こんなジョークがはやったという。

「おい、日本のカミカゼだ。空母を守りに急行する」

「カミカゼが見つからないぞ」

「おれたちがカミカゼを追い越してしまったんだ」

　或《ある》いは簡単に、

「現在、カミカゼを追跡中」

と、いうのも、あったらしい。

　これが、白菊のことをいっているのかどうかは、わからないが、特攻機がゼロ戦ならまだしも、練習機白菊では、体当り自身が難しくなってくるのだ。

　まして、速成の十七才のパイロットである。

　それどころか、白菊特攻隊は、高知を基地として、鹿屋《かのや》基地などを経由し、主として沖縄方面に特攻攻撃をかけたのだが、沖縄のアメリカ艦船に接近できるかどうかもわからなかった。

　もともと、フィリピンを攻略したアメリカ軍の次の攻撃目標が、台湾か沖縄かで、日本の軍部は、台湾だと見ていた。

　それが、沖縄になって、あわてた。台湾と見て、防御の主力を台湾に置いていたのだ。それは、中国大陸の海岸線を日本軍が占領していて、台湾に援軍を送ることが出来たからだ。

　沖縄では、計画していた援軍が送れない。航空特攻が、主な援軍ということになってしまう。

　高知空港を出発した白菊特攻隊は、進出した鹿屋基地を飛び立つと編隊を整え、九州の種子《たねが》島《しま》、屋久島《やくしま》、奄美大島《あまみおおしま》と、島伝いに南下し、沖永良部島《おきのえらぶじま》あたりから、沖縄海域に集まっているアメリカ艦隊に、特攻を仕掛けるのだが、少なくとも、五、六〇〇キロの海上を飛ぶのである。

　その上、戦争末期になると、機体、特にエンジンの故障が多く、途中の無人島に不時着するパイロットが多かった。

　終戦間際、陸軍、海軍ともに、第一線機を本土決戦のために、温存し、代りに、最初から特攻専用機を作ることにした。

「海軍の桜花《おうか》と陸軍の剣《つるぎ》」である。

　桜花は、ロケット噴射による最高速は時速一〇〇〇キロだが、一分しか続かず、一式陸攻《いっしきりくこう》に搭載して現場に運ぶのが大変だった。

　陸軍の剣は、まあまあの性能だったから、合計一〇〇機ほどが造られたが、一機も飛ばなかった。試験官が、最後まで、合格を出さなかったからである。おかげで、一〇〇人の若者が助かったわけだが、試験官の陸軍少佐が、次のように書き残した。

「一〇〇機を、特攻に飛ばせたとすると、

五〇パーセントが、洋上で墜落。

敵機の迎撃で、残りの三〇パーセントが墜落。

更に、対空砲火で、残りの一五パーセントが撃墜される。

目標に到達できるのは、五パーセント。だから、合格させなかった」

いつも飛んでいない海域では、目標に到達するのさえ難しいのだ。

練習機白菊では、沖縄に着くのも難しいし、敵艦に体当りするのも難しい。アメリカ軍の戦闘機に見つかったら、逃げられない。

克馬は、そうした理由で、反対した。

特攻自体に反対したかったのだが、それは難しかった。第一、若い隊員たちが、反対していなかったからである。

四国には、徳島と高知に、白菊特攻隊が置かれていた。

高知白菊特攻隊、正式には菊水白菊隊（高知海軍航空隊）である。

昭和二十年三月に、特攻隊に編入され、沖縄にアメリカ軍が上陸してくると、消滅した連合艦隊に代って、全力を上げて航空特攻が、実施された。

ゼロ戦	六三一機
九九式艦爆	一三五機
彗星艦爆	一二四機
銀河	一〇〇機
九七式艦攻	九五機
水上偵察機	七五機
桜花（一式陸攻）	五四機
天山艦攻	三九機

九六艦攻　　一二機
白菊　　一三〇機
合計　　一三九五機

これが沖縄攻防戦に出撃した特攻機の機種と総数である。

この中《うち》、白菊と水上偵察機は、スピードが遅いために昼間ではなく、夜間にだけ出撃した。

3

克馬は、教官として、若者たちに、特攻訓練をしていたが、自身は特攻隊員ではなかった。

従って、妻の夏子は、夫の克馬は、死ななくてもいいのだと、思っていた。

だが、克馬は、教官としての責任を感じていた。若い生徒たちに、特攻訓練をし、送り出した責任である。

彼等が「あとに続くもの」を信じて出撃して行ったからだ。

五月二十三日、艦隊司令官に呼ばれて、

「明後日、九名が出撃する。君もそれに加わって貰いたい」

と、いわれた時も、別に、狼狽《ろうばい》はしなかった。

だが、司令官が、次に口にした言葉に驚いた。

「九機は、今まで通り、沖縄嘉手納《かでな》沖の米艦船に体当り攻撃を決行する。但《ただ》し、君には、別の攻撃を頼む。それについて、東京の軍令部から来られた作戦部長が説明する」

と、いったのである。

その時、生まれて初めて、克馬は、軍令部の作戦部長に会った。

背の高い五十才くらいの男だった。低い声でいった。

「君は、九機が嘉手納沖で米艦船を攻撃中、那《な》覇《は》港に向って貰いたい。〇六〇〇《マルロクマルマル》時に、那覇港から、ハワイに向て、アメリカの病院船『レッド・グロリア号』が、出港する」

克馬は、黙って、聞いていた。

「二八〇〇トン。もちろん、非武装で、沖縄戦で負傷した二〇〇〇人の重傷の兵士を乗せて、ハワイの病院に運ぶことになっている」

「――――」

まだ、作戦部長が、何をいいたいのか、わからない。

「君の乗る白菊は、念入りに整備し、機体は軍用機としての暗緑色ではなく、練習機の本来の明るい黄色のままにしてある」

と、作戦部長は、いう。

まだ、命令の中身はわからない。が、少しずつ、嫌な予感がしてくる。

「二十五日〇六〇〇時に出港の時、この病院船は、安全のため、全船点灯している筈だから、簡単に発見出来る」

「――――」

「〇六〇〇。夜が明けて間もない。君の飛行機が、東方から近づいても、逆光になって、はっきり見えない。その上、病院船は攻撃されないという安心感がある。君は、まっすぐ、中央の赤十字のマークに突入する。君の腕をもってすれば、さして難しいことではない」

「待って下さい」

「何だ？」

「相手は病院船です」

「わかっている」

「病院船を攻撃するのは、ジュネーブ条約に違反します」

「私は、そんな条約は知らん」

「ジュネーブで調印された戦争犠牲者の保護に関する条約です。保護の対象は、戦地の傷病兵、海上の傷病者、捕虜などです。病院船は、この中の海上の傷病者に当ります」

「しかし、わが国は、ジュネーブ条約を批准していない」

「わかっています。しかし、病院船を攻撃するのは間違っています」

「この病院船には、マッカーサーの副官として首里《しゅり》城《じょう》攻撃を指揮したダニエル中将が負傷して乗っているという情報が入っている。地下壕《ちかごう》（ガマ）を、火炎放射で攻撃する作戦を決めたのも、この男だ」

「しかし、病院船攻撃は、間違っています」

「なあ、三杉克馬中尉」

と、不意に、作戦部長の手が、克馬の肩に置かれた。

「このままいけば、間違いなく、大日本帝国は、敗北する。全土が崩壊するだろう。天皇制も否定されるかも知れない。莫大《ばくだい》な賠償金を払わされるかも知れない。考えれば、不安だらけだ。そうは思わないか」

「思いますが、それと、病院船の攻撃とは、どんな関係があるんですか?」

「いいか、今、われわれは、八方塞がりで、何をやれば、この窮地を脱出出来るのか、わからん。君にわかるか?」

「私にもわかりません」

「沖縄の特攻も、もう終わった。これから、特攻をいくら注《っ》ぎ込んでも、沖縄を奪い返すことは出来ないだろう。二十五日の菊水隊が、最後の特攻になる筈だ。それくらいは、君だって、わかるだろう」

「わかります」

「だから、これからわれわれに出来ることは、ほとんどない。本土決戦は、多分短時間で終ってしまうだろう。私は日本中の防衛状況を見て歩いたが、愕然とした。一〇〇〇〇機の特攻機。数字だけは、辻褄《つじつま》が合っているが、半分以上が練習機の上、ガソリンの不足で、訓練が出来ない。一五〇万の本土防衛兵士を集めたが、本来なら、丙種の病弱な連中でいざとなったら、役に立つかどうかもわからん。その上、銃は三人に一丁という有様だ。足りないものばかりだよ。戦車が足りない、重機関銃が足りない、鉄兜《てつかぶと》が足りない、食糧が足りない。コンクリートが足りない。絶望だよ。そんな中で、唯一、可能で実践出来るのは、何だと思うね」

「わかりません」

「一人で出来て、一つ一つ確かめられることは、敵を一人ずつ殺すことなんだよ。一人殺せば、確実に、敵兵が一人減るんだ。今の日本には、これくらいしか、敵を殺したという満足を味わえる行動はないんだよ」

「それは、人間として、堕落ではありませんか」

と、克馬はいった。

「現代戦は、君が考えるようなロマンチックなものじゃない。汚いものだ」

「それくらいのことは、わかっています」

「どうかな。君より、ヒットラードイツの方が、よくわかっているような気がするがね」

「ヒットラーが、何といってるんですか？」

「一人でも多くの国民が生きている方が、勝ちだといっている。逆にいえば、そのために、相手の国民を一人でも多く殺した方が、勝ちだということだよ」

「しかし、ヒットラーが自分で相手国の国民を殺して廻るわけではないのではありませんか」

「ヒットラードイツは世界一の潜水艦部隊を持っている。Uボートだ。その潜水艦部隊に、命令が出ている。商船を魚雷で沈めたら、生き残った船員を、浮上した全員を機関銃で射殺せよと命令している。皆殺しの命令だ」

「何故《なぜ》、そんな命令を？」

「今、いった通りだよ。一人でも多くの敵国人を殺すためだ」

「――」

「それが、戦争だということを、ヒットラーがもっとも、正確にわかっているということだ」

「それは、ヒットラーだけの戦争観だと思います」

「これは、他言無用だが、日本でも、ここに来て、インド方面の潜水艦部隊に、新しい命令が出されている。インド洋で敵側の商船を沈めた時は、生き残った船員を全員射殺せよという命令が出され、各潜水艦には、軽機関銃が、積み込まれている」

　と、作戦部長は、いった。

「信じられません」

「これから先の戦争は、敵国人を一人でも多く殺すことだよ」

「――――」

　克馬は、黙ってしまった。

（そんな命令が、インド洋で活躍している潜水艦部隊に向て発令されているのだろうか？）

「今、私が話したことは、全て事実だ。そこまで、追い込まれていて、脱出口は、そこにしかないのだ。すでに、インド洋に展開する潜水艦部隊は、一人でも多くの敵国人を殺す目的で動いている」

　と、作戦部長は、強い口調で続けた。

「改めて、君に命令する。二十五日〇六〇〇時に、那覇港を出港するアメリカ病院船レッド・グロリアを、体当り攻撃で撃沈せよ。拒否は許されない」

4

　三杉克馬は、昭和二十年五月二十五日早朝、「菊水特別攻撃隊」の一員として、特攻し、那覇港沖で、壮烈な戦死をとげた。

他の九機は、嘉手納沖のアメリカ機動部隊に、体当り攻撃を行い戦死した。

これが新聞の発表だった。前例に倣って、二階級特進した。

三杉克郎の父、克也は、この時、満一才だった。

克也は、生来、身体《からだ》が弱く、また、サムライというものが嫌いだったから、特攻死した父、克馬とは違って、高知に生まれながら、坂本龍馬が、嫌いだった。というより、殺伐とした幕末が嫌いなのだ。

祖父の血は、孫の克郎に引き継がれたといってもいいかも知れない。

克郎は、父とは反対で、坂本龍馬が好きで、祖父が好きだった。

中学に入る頃から、祖父のことが、祖父の二三年間の人生が、気になるようになった。

祖父は、昭和二十年五月二十五日、特攻機白菊で、沖縄沖のアメリカ機動部隊に、他の九機とともに突入し戦死。二階級特進した。

当時の新聞には、それが、祖父の全てのように書かれていた。

祖父を含めた一〇人、一〇機の特攻がどんな戦果をあげたのか、わからないのだ。

祖父が、昭和二十年五月二十五日に、特攻死したことは、間違いないと思っていた。『白菊特別攻撃隊』という本が出ていたので、買って、読んでみた。

祖父の克馬は、海軍兵学校を卒業し、成績優秀で、教官として、予科練出身の若者を訓練した。

一時、フィリピンの最前線で、実戦を経験したが、本土に呼び戻され、教官となっている。

昭和二十年三月頃から、彼の教える生徒たちは、突然、特攻隊に、組み込まれた。

与えられた飛行機は、海軍機上作業練習機白菊だった。

スピードが遅く、航続距離も短い飛行機だった。

その飛行機を使って、克馬は、十七才の若い生徒たちに、特攻のために、敵艦への体当りの訓練をほどこした。

その間に、元海軍少将のひとり娘と結婚し、すぐ、克郎の父が生まれた。


現在、克郎は東京都内のマンションでひとり暮らしである。

母親は、今も昔も高知市内に住んでいる。生まれつき病身だった父は、すでに亡くなっている。

両親の家は、昔の和風造りで、二階奥の三畳間は、物置きになっているが、子の克郎の眼には開かずの間の感じだった。

彼が子供の時は、いつも錠が掛かっていて、入ることが、出来なかった。

その部屋に入ることが出来るようになったのは、中学三年になってからである。

父の持病は、慢性の心臓病で、調子が悪くなると、一ヵ月から三ヵ月ほど入院することがあった。父が家にいると、問題の三畳間を開けることが出来ないのだが、父が入院したので、錠をこわして、入り込むことが出来た。

父は、内容をいわず、「いつか整理したい」といっていたし、亡くなった祖父の物が殆《ほとん》どともいっていた。

そんなことから、亡くなった祖父が、生前道楽で集めたガラクタでも入っているのだろうぐらいに考えていた。

だが、違っていた。

そこにあったのは、祖父克馬の遺品だった。

克郎は、子供の頃から祖父克馬が、太平洋戦争時、特攻隊員として沖縄沖で亡くなったと、知らされていた。

しかし、何故か家の何処《どこ》にも、遺品らしきものは、見当らなかった。

祖父は、海軍中尉だったのだが、軍服姿の写真すら一枚もないのである。

父が、祖父の遺品を全て三畳の部屋に集めて、鍵をかけてしまったのだ。父が、何故そんなことをしたのか、克郎には、わからなかったし、不思議だった。

不思議だったが、初めて秘密の部屋にもぐり込んで、その理由がわかった。

中学生の克郎がそれなりに考えたのは、父は、生まれつき身体が弱かったから、戦争とか、特攻や、それに身を投じた祖父の生き方は、うとましかったので、祖父の遺留品は全て開かずの部屋に押し込んでしまったのではないか、ということだ。

克郎はそんな風に父と祖父の関係を見ていた

が、秘密の部屋に入り、祖父の資料や少年時代の日記を見つけて、むさぼり読んだ。

子供の時、祖父について知っていたことは、海軍中尉で、沖縄での特攻で死んで、少佐になったということだけだった。

何故か、写真もなかったし、海兵の卒業証書もない。

不思議に思って、高知にある太平洋戦争の記念館に行って資料を調べたことがあった。

菊水作戦に組み込まれた白菊という練習機を使った特攻隊が、高知と徳島にあったことはわかった。

祖父が最初は特攻隊員ではなく、教官として、十七才を中心に若い生徒たちに、訓練をしていたこともわかった。

だが、特攻の記録には、昭和二十年五月二十五日早朝に、祖父も「菊水白菊隊　中尉三杉克馬　一〇機　沖縄沖（高知空）」と、記入されていた。

従って、教官として、予科練の十七才前後の生徒たちを教育していたことは、間違いないのだ。昭和二十年三月までは、練習機を使って、戦闘、偵察、爆撃を教えていたが、これ以後、特攻の訓練だけになった。

航空特攻は、昭和十九年十月、神風特別攻撃隊で始まっているが、翌二十年になり、米軍の沖縄侵攻が実行されたことで、訓練が特攻一本になったとしても、不思議はない。

ただ二十年五月二十五日の特攻については、

菊水白菊隊　九機（高知空）

〃　一機（高知空）海軍中尉三杉克馬

とした記載もあって、三杉を戸惑わせた。別々に書かれていたからだ。

それだけに、開かずの間に入り、祖父三杉克馬についての本や、資料などに囲まれると、むさぼるように読みふけった。

東京で「旅と歴史」の記者をやるようになってからも、折にふれて高知の実家に帰り、祖父の遺品に眼を通した。

三杉は、その間、必死で二つのことを知ろうとした。

一つは、教官の祖父が、何故、昭和二十年五月二十五日に特攻出撃したかの理由である。

第二は、海軍に入ってからの祖父の日記が見つからないことだった。昔の軍人は、つとめて日記を記していた。海軍兵学校でも、強制的に日記は書かされていた。日本の陸、海軍の将兵は、戦争について、沈黙したまま亡くなっていて、なかなか戦争の実態がつかめないのだが、日記をつけていたために実態に接近出来るのである。

祖父の克馬も、日記をつけていた筈なのに、それがなかなか見つからなかった。

ひょっとすると、祖父は、何か秘密の任務を与えられていたために、わざと日記や遺書を残さずに、死んでいったのではないかと、思ったこともあった。

それが平成五年の最後の日に、突然、祖父の日記が見つかったのである。

その日、三杉は高知の実家で、あの部屋に一日中もぐり込んでいた。

疲れて、仰向けに寝転んで、天井を見つめていると、天井の板の間から、ホコリが落ちてくるのが見えた。

隙間があるのに気づき、天井板を何枚か外して、天井裏をのぞくと、そこに、探していた日記があったのだ。

板で作った木箱に入っていて、

「心ある者以外、見ることを禁ず」


と、墨で書かれていた。

「心ある者」とは、誰を指すのかわからないままに、三杉はページをめくっていた。


海軍兵学校を首席で卒業する頃から、書き始められていた。

全体に若々しく、明るい感じである。まだ、特攻の文字は出て来ないし、祖父の個人的な歴史として、元海軍少将の娘と結婚し、すぐ、長男を儲《もう》けているからだろう。

予科練の生徒たちを、自宅に呼んでいて、その時の写真が、日記にはさまれているのが見つかった。

昭和二十年三月から、特攻訓練に絞り込まれていく。

九死一生ではなく、十死〇生の訓練である。

必ず死ぬことになる訓練を、まだ十七才の生徒たちに教えるのである。その苦しさも、書き続けている。

九死一生と、十死〇生とは似ているようで、永遠といえるほどの距離がある。九死一生には、生徒たちは、笑顔で応えるが、十死〇生の時は、顔色が変わる。それを納得できないのだ。教える祖父ももちろん納得できるわけがない。

そして、昭和二十年五月二十三日の日記で、三杉は、驚くべき記述にぶつかるのだ。

病院船撃沈命令である。

太平洋戦争は、すでに終局に近づいていた。三月に米軍の上陸で始まった沖縄戦も、日本守備隊の全滅で、終ろうとしていた。

そんな時、中央（海軍軍令部）の作戦部長が、突然やってきて、沖縄戦で負傷した米軍兵士二〇〇〇名を乗せた病院船レッド・グロリア号二八〇〇〇トンが、ハワイに向て、那覇港を二十五日早朝に出港する、という。

今や、太平洋戦争は、敵味方一人でも多く殺す戦いになっている。この病院船を沈めれば、一度に二〇〇〇人を殺せるのだ。ぜひ、君にやって貰いたいと、作戦部長は説得にやってきたのである。

その説得は執拗《しつよう》だった。

それに、何とか抵抗しようとする克馬の苦しみが、日記に滲《にじ》んでいた。五月二十三日に突然命令され、翌二十四日に高知を出撃しなければならないのである。二十四時間以内の決断を迫るのである。

当時の日本軍、特に海軍は上からの命令に反抗は許されなかった。軍人勅諭で、上官からの命令は、朕《ちん》（天皇）の言葉と心得よと、教えられていたからだ。

また、陸軍刑法（海軍も、それに準ずる）には、

「戦闘を目前にして、命令を拒否する者は、死刑」

と、ある。

何処を調べても、命令は拒否できないのだ。

しかし、人間の良心というものがある。

祖父の三杉克馬は、拒否の代りに軍令部の作戦部長を説得しようとした。

祖父は、日記に、作戦部長の言葉と、それに対する自分の弁明を、交互にのせていた。

「これは、突然、生まれた命令ではないのだ。今や、軍令部の空気は、一兵でも多くの敵兵を殺さなければならない、そんな、窮極の戦争に突入するという空気になっているのだ」

「しかし、ただ、殺すために殺す、それも、数を争っても、勝利に結びつくとは思えませんが」

「いや、英米とドイツとの戦いでは、こうした終局の戦争観が支配している。ドイツのヒットラーは、Uボート潜水艦部隊に、商船を沈めた時は、脱出した船員全員を射殺せよという命令を出している」

「それは、ドイツの場合で、同じことを日本の海軍に命じても、実行できないと思いますが」

「実は、日本の場合も、インド洋に展開する潜水艦部隊に対して、商船を撃沈した場合は、船員も全員射殺せよとの命令が出され、すでに、射殺用の軽機関銃を、各潜水艦に載せている」

「そのような命令が出されたんですか？」

「文書による命令書が、すでに送られている」

「民間人まで殺すというのは、日本の歴史にふさわしくないと思いますが」

「織田《おだ》信長《のぶなが》の作戦を考えてみたまえ。一向一揆《いっこういっき》との戦いや、比叡山《ひえいざん》焼き討ちでは、女子供まで殺している。窮極の戦争は、そういうものだよ」

「それがあるので、織田信長が嫌いだという日本人も多いと聞いています」

「だが、天下統一の基礎を作ったのは、信長なんだよ」

そのあと、宗教用語や、訳のわからない殴り書きが、残されていた。

一殺《いっさつ》多《た》生《しょう》

殺すことも、ある意味、慈悲である。

殺すなかれというが、殺されても仕方のない人間がいるのだ。こういう人間を殺すのは、慈悲である。

　このあたり、必死になって、殺すことを、納得させようとしていることがわかる。

　それを、克馬は、宗教に求めようともしていた。

　三杉家は、代々、曹洞宗《そうとうしゅう》だった。仏教徒である。禅宗だが、仏教であることに違いはない。

　仏教の根本思想は、

「不殺生《ふせっしょう》」（殺すなかれ）

である。

　しかし、日本の仏教界は戦争に加担し、宗教の根本理念を捨てた時があった。

　曹洞宗だけではない。全ての宗派が、日本の始めた戦争を「聖戦」と呼び、若者たちを戦争にかり立てたのである。

　だから、宗教の根本理念「不殺生」も捨てたのである。

　どう誤魔化したのか。

　仏教は、全ての戦争を否定しているわけではない、といい出した。

　つまり、今、やっている日本の戦争は、良い戦争だというのである。世界を救う聖戦である。従って、人殺しにも、いい悪いがある。いい殺人はかえって、その人のためになる慈悲なのだ。

　明らかに詭弁《きべん》である。

第一、いい戦争、いい殺人を誰が決めるのか。

そんなものが果たして存在するのか。

だからこそ、仏教の根本理念が「不殺生」なのだ。

戦後、多くの仏教の宗派が、この過ちを謝罪していて、曹洞宗も反省文を書いている。

昭和二十年五月頃は、仏教徒たちは、聖戦を唱え、不殺生を捨て、一殺多生を、叫んでいた。一人を殺すことで多くの人を救うという考えである。

この時、祖父の克馬も、誤った宗教観に陥っていた筈である。

だから、日記には、

一殺多生

一殺多生

一殺多生

の文字が、書き並べてあった。更に、その文字が乱暴に消されている。

これで、悩みが消える筈はないのだ。

二〇〇〇人の負傷兵を殺すことで、戦争が終り、何万、何十万人が救われるのか。そう考えること、考えさせることは、明らかに詭弁である。

戦後、アメリカ大統領が、ヒロシマ・ナガサキの原爆投下を非難された時、

「七万人（長い間、アメリカのトルーマン大統領は、広島の人口を七万人と思い込んでいた）

が死ぬことで、世界が救われたのだ」

と、弁明した。

それと全く同じ考えである。宗教的理念ではなく、単なる冷醜な引き算なのだ。

日記は、次の言葉で結ばれていた。

「私は、昭和二十年五月二十四日夕方、出撃する。他の九機は、編隊を組み、沖縄に向うが、私は、一機足摺岬上空で、遠く故郷高知に別れを告げたあと、沖縄に向う。

私一人だけ、密命を受けているためだが、今も、まだ、決心がつかずにいるからだ。

沖縄に着くまでの間に決めたいのだ。

軍人として行動すべきか、

人間として行動すべきか、

仏教徒として行動すべきか。

沖縄に着くまでの間に、決心がつくかどうかわからぬ」

5

これで、三杉克馬の日記は終っている。

その翌日、彼は特攻死してしまっているから、当り前だが、この日記が、書き加えられることは、ない。

そして、何があったのかも、明らかではないのだ。

三杉は、祖父の日記の続きを知りたかった。

克馬は、軍令部作戦部長の命令を守って、アメリカの病院船レッド・グロリア号二八〇〇〇トンに、体当りして沈めたのか。

しかし、昭和二十年五月二十五日の特攻記録を調べると、

（高知空）の菊水白菊隊十機が、沖縄沖のアメリカ機動部隊に体当り攻撃を仕掛けて、全員死亡したとあり、三杉克馬機が、単独行動を取ったことにはなっていないのである。

そこで、戦時中のアメリカ病院船レッド・グロリア号について、調べてみた。

病院船は、艦名から、トン数、図面などを登録しなければならないことになっている。

確かに、レッド・グロリア号二八〇〇〇トンは、登録されていた。が、昭和二十年（一九四五年）五月二十五日から一週間にかけて、沖縄の那覇港から、ハワイのホノルル港に向って、二〇〇〇人の負傷兵を運んだ記録が見つからないのである。

更に、一九四五年九月二日、第二次世界大戦が終了した日に、何故か、病院船レッド・グロリア号二八〇〇〇トンが、登録されているのがわかった。

写真ものっていた。

だが、これだけではこの病院船が、二代目レッド・グロリア号かどうかがわからない。

うがった見方をすれば、初代のレッド・グロリア号は、三杉克馬の体当りで沈没し、大量の死者を出した。が、戦意の低下するのを恐れて、封印したとも考えられる。

そして、終戦の祝いにまぎれて、新しいレッド・グロリア号を登録して、何もなかったことにしたのではないのか。

疑い出したら、際限《きり》がない。

最後には祖父の三杉克馬は、昭和二十年五月二十四日に出撃しなかったのではないかという疑いさえ、浮んでしまうのだ。

悩みに悩んだ末、三杉は、祖父が、出発の日、ただ一機、足摺岬上空で、遠く高知に向って、あいさつしてから、沖縄に向うという日記の言葉に拘《こだわ》った。

昭和二十年五月二十四日
〇六〇〇時、午前六時に足摺岬上空と書かれている。

五月下旬なら、もう明るくなる時刻である。

もし、その日のその時刻に誰か祖父の白菊機を目撃しているのではないか。

そう考えて、三杉は毎年五月二十四日午前六時頃、足摺岬上空で爆音を聞かなかったか、黄色い白菊機を見なかったかを聞いて廻ることにしてきた。

何しろ、戦後生まれの三杉が高校生になってからの聞き込みである。

まだ、祖父の白菊機を見たとか、爆音を聞いたという声は聞こえて来ない。

第四章　検閲官

1

突然、岡田《おかだ》首相が、持病を理由に、辞意を表明した。

もともと、内臓に持病があり、特に最近は、新型コロナウイルス問題で、対応がおくれたと野党に批判されたのが原因で、国会中継でテレビに映る首相の顔色が悪いとか、歩き方が、病人のように、ゆっくりしていると、いわれていたのである。

そのため、岡田首相が、辞意を表明と、新聞、テレビが報道しても、さほど、大さわぎにはならなかった。

一時、緊急事態宣言が出されていたが、それが解除され、更に、ＧｏＴｏトラベルで世間が明るくなっているので、引退には、ちょうどいい、タイムリーだという声もあった。

そのせいか、後継者選びも、大きな混乱はなく、仰木《おおぎ》副総理が、スムーズに引き継ぐことが決まった。

各大臣も、ほとんど留任である。

「かくてこの世は事もなし」

と書いた新聞もあった。

ただ、十津川の身辺には、ちょっとした事件があった。

三上刑事部長と二人、突然、「日本桜会《にほんさくらかい》」という団体から、招待されたのである。

十津川が、その招待を、ちょっとした事件と感じた理由は、二つである。

日本桜会の理事長名で送られてきたのだが、その理事長名が伊東夏子《なつこ》だったのだ。

伊東元首相の妹である。

伊東夏子は、ある意味伝説的な女性だった。

先月、殺された元首相夫人の伊東宏子より二歳年上だが、もし男だったら、兄に代って、首相になっていただろうといわれていた。

それだけ、頭が切れ、決断力があるというのである。

殺された元首相夫人、伊東宏子はさまざまな団体や学校の会長だったり、理事長だったりしていたが、実際に力を持っているのは、宏子夫人の義妹、つまり元首相の妹の伊東夏子ではないかという話もあった。

その伊東夏子からの招待状なのだ。

二つ目は、その住所が、神奈川県茅ケ崎になっていることだった。

殺された元首相夫人、伊東宏子邸の住所である。

とすると、主《あるじ》のいなくなったあの邸《やしき》に義妹の伊東夏子が移り住んだということなのか。

同時に招待された三上刑事部長は、何故《なぜ》、自分が招待されたのかわからず、まごついていた。

「多分、元首相夫人で、義姉の宏子夫人が殺され、われわれが捜査に当っているから、捜査状況を知りたいんでしょう」

と、十津川はいったが、それにしても、茅ヶ崎のあの邸に招待する理由がわからない。

「伊東夏子さんが、どんな人か知っているか？」

と、三上部長がきいた。

「噂《うわさ》は、いろいろ聞いています。今回引退された岡田首相に、さまざまな忠告をしていたとか、伊東宏子夫人の背後《うしろ》には義妹の伊東夏子がいるとかいったものです。ただ、私とは、関係ないと思っていました」

「ところが、部長以上になると、そうはいかないんだよ。各省庁の部・局長以上の人事権は、内閣府が握っているからね。うちの刑事部長で、内閣府に睨《にら》まれて、閑職に追いやられた者もいれば、逆にライバルを差しおいて警察庁長官になった者もいる」

「しかし、伊東夏子さんとは、関係ないでしょう」

「それがさ。最初は、宏子夫人の意向が働いているのかなと、みんな心配していたんだ。宏子夫人は政治好きで、あれこれ政治に口を挟むと聞いていたからね。ところが、各省庁の人事について岡田首相に影響力を持っていたその実体は、元首相の妹の伊東夏子らしいとわかってきたんだ。宏子夫人は、ただの政治好き、お祭り好きだが、義妹の伊東夏子さんは、ヨーロッパや、ロシアで、正式に政治の勉強をしてきたプロだからね。その上、人間の好き嫌いが激しいというから、招待されても、注意した方がいい」

「何に注意するんですか？」

「まず言葉遣いだ。それから、向うの意見には、反対するな」

と、三上は釘《くぎ》を刺してから、二人は車で出発した。

2

やはり、あの邸だった。

殺人現場なので、本来は警察が管理保存するのだが、何といっても、元首相の私邸である。

警察は、厳密な現場の見取図と写真を撮ったあと、退去して、邸を伊東家に渡していたのである。

以前とかわり、門には「伊東夏子」の表札が、かかっていた。伊東夏子の家ということだろう。あの時と同じお手伝いの田中澄子が、二人を迎えてくれた。

奥で、十津川たちを待っていたのは、伊東夏子本人だった。

十津川は初めて会う相手である。

ヨーロッパに遊学したというので、欧風の恰《かっ》好《こう》を想像していたのだが、何故か、袴《はかま》姿だった。

「ごめんなさいこんな恰好で。今、裏で弓の稽古をしていたもので」

　と、汗ばんだ顔でいう。

　ここで、事件が起きた直後に、十津川は来たのだが、弓の稽古場など、見当らなかった。

　秘書らしい五十才ぐらいの男が、飲み物を運んでくる。

「義姉《あね》を殺した犯人は、見つかりました？」

　と、夏子がきく。

「残念ながら、まだ捜査に着手したばかりなのです。何しろ、亡くなられた宏子夫人が、交際範囲の広い方だったものですから」

　と、三上が弁明する。

「それでは、私からサジェスチョンを差し上げましょう」

　と、夏子が笑顔でいう。

「本当ですか。大変、助かります」

「森下《もりした》！」

　と、夏子はさっきの男を呼んだ。

「あの写真を持って来て」

「どの写真でしょう？」

「刑事さんに見て頂くのよ。日本桜会の写真に決まっているでしょう」

　笑っているのだから、怒っているわけではないのだろう。いつも、こんな喋《しゃべ》り方をするのか。

　秘書らしい森下という男が、持って来たのは、「あの写真」だった。

　若い女性を中心にして、男女四人ずつが、並んで写っている写真だ。

　しかし、よく見るとそこに写っている筈《はず》の宏子夫人の姿はなく、代りに、眼《め》の前の伊東夏子が、おさまっていた。

見事に写真の中におさまっているのは、今の技術なら、何の違和感を残すこともなく、人物のすげ替えが出来るということだろう。

「義姉にはずっと私の身代りをやって貰《もら》っていたんです。元首相夫人だし。私は、昔から、陰でいろいろやるのが好きでしたからね。でも、義姉が亡くなったことで、義姉にやって貰っていたことが、嘘《うそ》になるのは嫌なので、私が、入りました」

と、夏子はしらッとした顔でいう。

「この皆さんが、桜の会ですか？」

三上がきくと、夏子は、

「日本桜会です」

と、まず訂正してから、

「日本の文化、歴史、美術、その他、日本の全てを守る会です」

「写真の皆さんの中《うち》、高見恵二（恵徳）さんは、すでに、四国の列車の中で殺され、宏子夫人も、亡くなっています。この桜会、いや日本桜会は、そんなに危険な団体ですか？」

と、三上が、きく。

「仕事が、仕事なので、敵が多いのです」

「その仕事の内容を、話して頂けませんか」

「今、申し上げました」

「そうなんですが、もう少し、具体的に、教えて頂けませんか」

「ですから、『日本』である全てを守るのが、会の目的です」

と、いったあと、

「私たちの仕事を、具体的にお話ししましょう。ここに写っている方々は、日本を守るため、二十四時間、見張っていらっしゃる、いわば検閲官です。

他に、私たちに賛成される方一〇〇〇人がいて、それぞれの地方で眼を光らせ、日本が攻撃されたり、傷つけられたりされれば、すぐ、ここに知らせが入ります」

「そのあと、どうするんですか？」

と、十津川がきいた。

「私たち理事会で、検討し、適当に処分致します」

「適当というのは？」

「適当にです」

「処分」のことまできくな、と三上が十津川に目配せした。

「理事の高見さんは、列車の中で殺されましたが、それだけ敵が多いということですか？」

「皆さん、ご存知ないでしょうが、私たちの日本は、絶えず、敵に攻撃されているのです。日本人の中にも、愛国心が無く、平気で自分の国を攻撃する人もいます。そういう、獅子身中の虫を見つけ出すのは大変です。絶えず注意深く見張っていないと、そうした日本人は、白アリのように、日本という建物を食いつくしてしまいますから」

「他の理事の方が、どんな方か、教えて貰えませんか」

と、十津川はいった。

「皆さん立派な方々です。ただ、敵が多いので、写真だけにさせて下さい。住所や職業などがわかってしまうと、必ず命を狙われますのでね」

伊東夏子は、あくまで、落ち着いた口調だった。

「現在、日本桜会が、一番マークしている人物はどんな人ですか？」

「それも、申し上げられません。その中に、自然に明らかになる筈です」

夏子は、相変わらず、落ち着いた口調でいう。

「そろそろ、失礼しようか」

と、三上部長がいった。

「次に来る時は、必ず、宏子夫人を殺した犯人の名前を申し上げられると思います」

「あの男」

と、十津川が、呟《つぶや》いてから、

「高見恵二さんを殺した犯人として、現在、容疑者として浮んでいるのが、三杉克郎という男なのです。東京下北沢《しもきたざわ》に住む四十二才の男ですが、ひょっとして日本桜会が、マークしている人物じゃありませんか？」

「さあ、私の頭にはない名前ですけど」

「この男は――」

と、十津川が、いいかけるのを、三上部長が、

「もう失礼しよう。こちらはお忙しいのだ」

と、いい、十津川の肩を叩《たた》いて、立ち上がってしまった。

3

十津川は、東京駅の近くで車を降りると、カフェに入り、そこから大学の同窓で、現在中央新聞の記者をやっている田島《たじま》に電話した。

「現代日本の政治の裏に詳しい人を知らないかな。日本社会の裏でもいい」

「いわゆる裏社会の人間か？」

「いや。社会の名士といわれるような人たちで、ひそかに、日本の政治や社会を心配している人たちだ」

「調べてみる」

と、田島はいうと、いったん電話を切ったが、五、六分もすると、連絡してきた。

「小川英明《おがわひであき》という人がいる。六十才で、一般人が調べないようなことを調べている。池袋《いけぶくろ》に住んでいる」

と、電話番号を教えてくれてから、

「変わり者だから、会うかどうかわからんよ」

と、いった。

十津川は、構わずに教えられた番号にかけた。

「私は、警視庁捜査一課の十津川という刑事です」

と、いうと、案《あん》の定《じょう》、

「切るぞ」

「あなたが興味を持つだろう人間を知ってる」

「刑事の話に興味はないよ」

「亡くなった伊東元首相の妹、伊東夏子は、日本桜会という日本防衛組織を作っている。彼女が、理事長で、幹部は全員で九人。手足となって働く会員は一〇〇〇人。彼等《かれら》は絶えず、日本にとって危険な人物を探して茅ヶ崎の本部に報告している。理事の一人は――」

「わかった。西新宿で会おう」

「それなら、午後七時に、西新宿のてんぷら屋で。おごりますよ」

「当り前だ」

電話が切れた。

とにかく、待つことにして、十津川は、行きつけのてんぷら屋へ向った。個室があって、話が出来る店である。

時間前に着き、個室で待っていると、午後七時かっきりに、男が現れた。

何故か、野球帽をかぶり、リュックサックを背負っている。靴もスポーツシューズである。

十津川が、警察手帳を見せるとやっとリュックを下ろし、帽子を取った。

「ホンモノで良かった。ニセモノだったら、殴って、逃げようと思ってね」

と、小川英明は、いった。

田島の話の通り、見た目は五、六十代で、顔は、日焼けしている。

食事をしながらの会話になった。

自分を、歩く歴史家だという。

「ある時から、一つのことだけを調べるようになってね。それを小説として書いたんだ」

と、いう。

「それが、日本桜会と関係があるんですか？」

「いや。それはわからない。とにかく説明するから聞いてくれ」

　と、小川はいった。

「私はね、ちょっと小金のある生活をしていたんで、定年になってから、教科書にのっていない日本の歴史を知りたくなって、資料探しに日本中を廻《まわ》ることにしたんだ。全国の古本屋や古い農家を廻ったり、古書市を廻ってね。でも、なかなか面白いものは見つからなかった。それでも、探し廻っていたら、去年だったかな。コロナ騒ぎの前だよ。東北の海岸を歩いていたら、大きな庄屋さんで、蔵の中にあった物を、売りに出していたんだ。みんな、茶碗や掛け軸なんかの中に、高い物はないかと、必死だったが、私は、書類を探した。時々、幕末に書かれた書物なんかが、出てくるんでね。そんな中に汚い風呂敷包みがあって、何かの記録らしいがわからない。とにかく、十万円で売るというんで、わからないままに、十万円で買った。戦国時代、伊達《だて》藩と、近隣の小藩の間に、戦《いくさ》が続いているので、その記録だったら、面白いと思ったんだ」

「その風呂敷包みは、本当は、何だったんですか？」

「それが、太平洋戦争末期、あの近くの釜石《かまいし》が、アメリカ海軍から艦砲射撃を受けているんだ。私が立ち寄った庄屋の近くに疎開してきた何かの軍需工場があって、一週間にわたって、艦砲射撃を受けたらしい。そのことを記した日記なんだ」

「釜石が、アメリカ軍の艦砲射撃を受けたのは、事実なんだから、特ダネじゃないかも知れませんよ」

「ところが、読んでびっくりしたんだ」

「どうしてですか？」

「沖のアメリカ艦隊に向って、スパイが、懐中電灯を使って、合図を送っていたと書いてあった」

「スパイ？」

「そうだよ。アメリカ艦隊は、夜間灯火管制を敷いた。陸上に小さな明かりでも点《つ》いたら、艦砲射撃するつもりでね。この日記は、庄屋の若い主人が書いているんだが、突然山の中腹で、懐中電灯の光が輪を描くのが見えたと思うと、一斉に沖のアメリカ艦隊の艦砲射撃が始まったというのだ。こんなことが、二度、三度とあって、山あいにあった工場は灰燼《かいじん》に帰したと書いている」

「信じられませんね」

「ただ、懐中電灯の明かりを見たという証言をした者は他にもいて、犯人捜しになった」

「犯人は、見つかったんですか？」

「見つかったと日記には書いている」

「どんな人間だったんですか？」

「地元の二十才の青年だったと日記にはあった。生まれつきの盲目だった。目が見えないから、兵隊にはなれない。工場で働こうとしても、特に技術があるわけでもないし、働かせる仕事がない。その上、大柄だったから、何もせず家にいるのでなおさら、目立ってしまった。戦争末期になると、役立たずとか、非国民という罵声《ばせい》を浴びせられることが多くなった」

「戦局悪化を誰かのせいにするんだ。敵のアメリカは巨大すぎてどうにもならないから」

「実は国会図書館に行って、目の見えない男がどんな扱いを受けたか当時の新聞を調べてみたんだ」

「新聞にはどう書いてあったんです？」

「二人の盲目の青年の自殺記事があった」

「自殺ですか」

「二十才と、二十三才の若い男の記事だ。二人とも遺書を書いている。同じような遺書だよ。アメリカとの大事な、国運をかけた戦争なのに、自分は何も出来ない。皆さんの重荷にならないように、自殺する。必ず、勝利して下さい。そんな遺書だ」

「それを当時のマスコミは、どう扱っているんです？」

「美談にしている」

「美談ですか？」

「見よ。盲目の青年さえ、国家の勝利を祈って身を捨てた。われわれは、彼等の崇高な精神をたたえて、戦闘に身を投じなければならぬと書いてあった」

「立派なんだろうが、やりきれないな。ところで、あなたの入手した日記はどうなっているんですか？」

「その盲目の青年を、みんなで取り囲んで、殴りつけた。それでも、白状しないので、みんなで殴り続けた。艦砲射撃で、何人も死んでいたから、誰も彼も殺気だっていたと、日記には書いてある」

「それで、結局どうなったんです」

「みんなで、その青年を縛り上げて、翌日、特《とっ》高《こう》に引き渡すことに決めた」

「特高に引き渡したら、銃殺でしょう」

「彼の家族も、そう思ったのだろう。縄を解いて逃がそうとしたが、見つかってしまった。それでも逃げようとするのでみんなが棒や、竹槍で、殴りつけ、青年を含んだ家族四人が、死んでしまった」

「四人ですか」

「アメリカの艦砲射撃で、何人も死者が出ているので、みんなは、四人も艦砲射撃で死んだことにすることにした」

「結局、この悲劇は、隠されたままなんですか？」

「私が調べた限りは、その通りだ」

「あなたは、その日記を発表しようとしているんですか？」

「いや、最初は、その気持は抑えた。あまりにも、痛ましいからね」

「しかし、日記を小説に書き直して発表する気になった」

「そうだ」

「どうしてですか？」

「東北で、市長選挙があってね。若い三十代の男が立候補して、当選した。その男の公約が、『身障者、特に盲目の人たちの安全』なんだが、男の祖父が、戦争中、盲目の青年を最初に棍棒で殴り死なせているんだ。それで腹が立ってね。

真相を明らかにしてやろうと思った」

「本になるとか、雑誌にのるとかが出来たんですか？」

　十津川がきくと、小川は急に箸を置いて、

「飲みたいんだ。ビールでいい」

「どうぞ。構いませんよ」

　十津川はすぐ、ビールを注文した。

　小川は、それをいっきに飲み干してから、

「これから、私と、妙なグループとのサイレント・バトルが始まるんだ」

「しかし、小川さんは、問題の日記から小説にして、出版しようと思っていたんでしょう？」

「そうだよ。日記は読みにくいし、実名を出せないこともあって、書き直し、その原稿を、出版社に持ち込んだ」

「それで、反応はどうだったんですか？」

「良かったよ。だから、すぐ本になると思った。ところが、そのあと、結果を聞きに行くとノーになっているんだ」

「理由は、何だったんですか？」

「それを、いわないんだ。綜合的に考慮したら、うちで出すのはちょっとまずいという結論になったとか。あいまいなんだ」

「何社か、行ったんでしょう？」

「それが、皆同じ反応なんだよ。最初は面白いというんだが、結果はノーになる。そこで、これは誰かが私の原稿を本にするのを邪魔しているに違いない、と考えた」

「それで、邪魔している相手は、見つかったんですか？」

「奇妙な団体が動いているらしいとわかった」

「それが、日本桜会ですか？」

「名前はわからない。だから、私は、本を出すことより、その奇妙なグループを追いかけることにした」

と、小川はいい、二杯目のビールを飲み干した。

彼は座り直し、手帳を取り出した。小さな字がびっしりと並んでいる。

「これは連中との戦いの記録だよ」

と、小川はいった。

「最初は尾行されている感じだった。私が、出版社めぐりをするのを、誰かが尾行しているらしい気がした。ところが、なかなか、相手を特定できないんだ。一人じゃないからだよ。途中で交代するんだ。一瞬、怖くなった。何人もで尾行しているとわかったからだ」

「それでも、サイレント・バトルは止《や》めなかったんですね」

「ああ。とにかく、無性《むしょう》に腹が立ったからね」

小川は、その例をいくつかあげてみせた。

ある日も出版社詣でをしている時、気がついたら尾行がついていた。

何故、尾行されるのかがわからず、その一人を捕まえて理由を聞くと、その相手は、地元の高校生で、

「父親から頼まれて、あなたを尾行した。何故、尾行するのか、理由は聞かされていないが、父親からは、何日の何時に、出版社の誰と会ったかを調べるだけでいいといわれたというんだ。

他の出版社に行った時は、別人に尾行された。どうやら、彼等は私の行動を、何処かに報告しているんだが、問い詰めても、何処へ報告したのかいわない。そういう尾行者が何人もいるとわかってきた。気持が悪くなった。自分が、誰かに見張られているのだからね」

「全然、相手の正体が、わからずですか」

　十津川が、きくと、小川はニヤッと笑って、

「それで、こっちが引っかけてやった。友人に個人で長く同人雑誌をやっているのがいてね。『日本・ニッポン』という雑誌で、十年もやっているんで、かなり有名なんだ。その同人雑誌で、『問題の日記を一挙掲載することになった』という内容の、広告チラシを二〇〇〇枚作り、これはと思うところに配ったんだ。そうしたら、見事に引っかかって、友人のマンションと私のマンションに泥棒が入った。例の日記がどっちかにあると思って盗みに入ったんだ」

「二人とも、捕えたんですか？」

「捕えたよ」

　と、小川は、嬉《うれ》しそうに笑った。

「特に私のところに忍び込んだ男は、グループの中でも、上級者で、現実にも、大企業の課長さんでね。それだけにこっちの脅しが利いた。その結果、会員制の組織があって。末端の人数は一〇〇〇人くらいとわかった。茅ヶ崎に本部があって、そこには、日本を代表する九人の人々がいて、連日、地方から報告されてくるニュースを討議して、処理しているというんだ。彼等のモットーは、愛国だ。愛国法廷と呼ばれ

ているとも、いっていた」

「多分、それは、私たち警察が対面している、日本桜会のことだと思いますね。理事は九人で構成されていて、運営の責任者の理事長は、元首相の妹の伊東夏子です」

十津川は、問題の九人の写真を、小川に見せた。

小川は、その写真を、じっと見つめている。

「この九人が、日本を支配しているのか？」

「いや。代表の伊東夏子は、そうはいっていない。政治は政治家に委《まか》せるといっていて、自分たちが、重視するのは、日本全体を貫く思想だというんですよ。政治は政治家を変えれば変わるが、思想は一度、ある色に染まってしまうと元に戻すのは大変だ。だから、正しい思想に背《そむ》かないよう常に監視して、間違った方向にブレないようにするのが、自分たちの使命だと信じているんです」

「問題は、どんな思想が正しいと考えるかだな」

「その通りです。正しいという意味を聞くと、それは『愛国』だと。全ての思想を愛国という量りで考えるといっています」

「つまり、私の行為は、愛国という量りでは、不合格になるということか？」

「日本の恥になるような本を出すことは、彼等には、非愛国的行為に映るんでしょうね」

「私は、日本の恥になるという考えより、日本の真実という気持なんだがね」

と、小川は、眉をひそめた。

店の閉まる時間になった。

小川は、今夜は自宅マンションに帰るのが怖いので、西新宿のホテルに泊まるという。

「マンションの郵便受に、二、三〇通もの手紙が押し込まれているんだ。この量は怖いよ」

という。

小川が、もう少し話したいというので、十津川は、つき合うことにした。

西に伸びる甲州街道《こうしゅうかいどう》を見下ろす、ホテルのバーで、話し合った。

「捕えた男だがね。私にお説教するんだ。昔の日本人は、国と個人のどっちが大事かと聞くと、迷うことなく、一〇〇人が一〇〇人、国と答えた。国なくて個人なしだからだが、今、同じ質問をすると、全員が迷うんだ。情けないといっていた」

小川の言葉に、十津川は、笑って、

「迷ったらいいじゃありませんか。外国人に聞いたら、一〇〇人中一〇〇人、個人と答えますよ」

「もう一つ、日本人の親孝行についても、同じことをいっていた」

「どんなことです？」

「昔の日本人は、親と子のどちらを大事にするかと聞くと、一〇〇人中一〇〇人、親と答えた。孝行が大事だと学校でも教えていた。それが、今は、子供と答えたり、どっちも大事と答える、というんだ」

「それも、外国人なら一〇〇人中一〇〇人、子供と答えますよ」

「日本人が変わっているのか、それとも世界が変わっているのかね？」

「多分、日本人が特別なんだと思いますよ。良くも悪くも」

と、十津川は、いった。

「食事の時に、見せてくれた写真があったろう。九人が写っている。あれを、もう一度見せてくれないか」

「いいですよ」

と、十津川は、写真を取り出した。

小川は、バーテンダーの作ったカクテルをなめるようにしながら、写真を見ていたが、

「この男は、前に、何処かで見たような気がするんだが」

と、一人の男を指さした。

七十代の男である。改めて写真を見ると、男は何故か、黒い布を肩に掛け、頭に飾りのついた帽子をかぶっている。何かの儀式か。

女の方は、白い肩掛けに、白い帽子。何か意味があるのだろうが、十津川には見当がつかない。

「この男、前に京都で会った時は、こんな恰好じゃなかった。僧侶の恰好だった」

「あッ」

と、十津川は、声をあげた。

十津川も、僧侶姿のこの男を見ているのだ。

「私も見たことがあります。確か、日本の仏教界の最高位の僧の一人じゃありませんか」

「そうだよ。私も、京都の寺院で、彼を見ているんだ」

「多分、他の男女も、それぞれ各界を代表する人間だと思いますね」

「だが、おかしいじゃないか」

「何がですか？」

「仏教は、インドで生まれ、中国を通って、日本にもたらされたものだろう。最高の仏は釈迦《しゃか》で日本人じゃない。それに、仏教の最高の戒律は、殺すなかれだと聞いている。それなのに、仏教の最高位の僧侶が、日本的な愛国を守れというのは、おかしいじゃないか」

「それは多分、戦争の後遺症でしょう」

と、十津川は、いった。

「よくわからないが――」

「明治になってから、政府は、それまでの神仏《しんぶつ》習合《しゅうごう》を止《や》めて、神道を国教とし廃仏《はいぶつ》毀《き》釈《しゃく》運動に踏み切った。それまで、一緒に上手《うま》くやっていたのが仏教寺や仏像の破壊に踏み切ったのです。そのため、日本全国で、多くの寺院が破壊されました。この蛮行は、さすがに止みましたが、日本では、アマテラスの神道が第一、仏教やキリスト教はその下位に置かれるようになったのです。別の言い方をすれば、神である天皇の前に、仏教徒や、キリスト教徒は、ひれ伏したのです。何しろ、天皇を神とする神道には、皇軍（天皇の軍隊）が、ついていますからね。刃向うことは出来ません」

「よく知ってるね」

「仏教について、調べたことがありましたから」

と、いって、十津川は続けた。

「日中《にっちゅう》戦争が始まると、仏教徒にとって、ますます立場は、悪くなっていきます。宗教というものは、本来、戦争には反対の筈です。戦争は人を殺すことですからね。宗教が、それに賛成してはいけないのです。ところが、日中戦争の時、仏教徒は、戦争に賛成するのです。それどころか、積極的に賛成し、戦場に出て行くのです。従軍僧という名前です。芥川《あくたがわ》賞を貰った石川達三《いしかわたつぞう》の『生きている兵隊』には、中国兵の捕虜を平気で殴り殺す従軍僧が出てきます」

「仏教についていえば、中国は、日本にとって、兄のようなものだろう。その中国に侵攻することに、日本の仏教徒は、ためらいがなかったんだろうか？」

「日中戦争から太平洋戦争に突き進むとき、仏教徒は戦争に反対すべきなのに、『聖戦』と唱えて、積極的に、戦争を支持したんです。一度、『聖戦』に踏み切ると、あとは、何もかも自分たちに都合よく誤魔化《ごまか》していくのです。これは、驚くばかりですよ。例えば、宗教は殺すなかれが第一の戒律ですが、『殺すことが正しい場合もある。殺すことで相手を救う。これが、一殺多生である』と。中国の仏教徒は戦争反対を唱えますが、それに対して、日本の仏教徒は『中国の仏教は間違っている。正しいのは、日本の仏教である』と主張します。仏教には、浄土信仰がありますが、『仏教のいう浄土は、日本のことである』と、強調します」

「どうして、日本仏教は、そんな風に変形してしまったのかね？」

「天皇に対する畏怖《いふ》でしょうね」

と、十津川はいった。

「天皇は神であり、日本はその天皇の国、神国であると勅語で決めてしまったのです。天皇より偉大な存在はないのです。

仏教徒は、その天皇制とどう合わせればいいのか、苦心したと思われます。国民は、本心から、天皇を神と信じていたし、巨大な皇軍が控えているのです。

そこで、さまざまな妥協を考えました。仏教徒は、経典を読む必要はない。天皇のお言葉、勅語を唱えていれば救われると。仏教で現世《げんぜ》の救い主は、大日如来《だいにちにょらい》だが、これは天皇のことであるとしました。

これらは、仏教が天皇に降伏したことの表れでしょう。

しかし、仏教徒の最大の裏切りは、日中戦争、太平洋戦争に反対すべき時に、『聖戦』と自分を誤魔化して戦争に賛成したことだろうと思います」

「しかし、戦後、仏教の全ての宗派が反省文を書いていると聞いているんだが」

と、小川がいう。

「確かに、各宗派で今次の戦争に対する反省文を発表しています。しかし、どの宗派も戦後、二〇年も三〇年も経ってからです。また、政治家や軍人は何人も戦後、自刃《じじん》していますが、宗教家は死んでいません」

「私なんかは、政治家や軍人に比べて、宗教家は、精神的に、深く反省している筈だから、その結果として、自殺を選んでしまった人も、政治家や軍人より多かったのではないかと思うんだが、逆なのは、驚きだな」

と、小川はいった。

「そこが、日本なのです」

「よくわからないが」

「全てが中途半端なのです。時の政府や軍隊に引きずられて『聖戦』に賛成したのも、それに反対できないから。大日如来は、現天皇だといったり、お経の代りに勅語を読めばいいというのも、考えてみれば、妥協の産物です。仏教だけではありません。政治も、軍隊も、中途半端なのです。何となく、開戦し、何となく、終戦になってしまった。だから、戦争責任もあいまいになり、戦争に対する反省も中途半端なものですまされてしまったのです。仏教徒たちの反省が深いと思えないということを、あなたはもっとも不審に思っていらっしゃるようですが、仏教徒たちは、天皇制や、軍人たちに、いいかげんに妥協した結果、反省もあいまいになってしまったのです」

「しかし、『聖戦』については、間違っていたと反省しているんだろう？」

「聖戦の美名の下、中国やアジア諸国に多大な犠牲を与えてしまったと、反省文には書かれています。しかし、反省は、そこまでです。そのあと多くの代表的な仏教徒は、同じように弁明しています」

「どんな弁明を？」

「戦後、アジアの植民地は、次々に、独立していきます。ビルマ（ミャンマー）、インドネシア、ベトナム、フィリピン、カンボジアなどです。仏教徒のリーダーたちは、それに飛びつきます。有名な仏教徒で、学者は、こういっています」

『われわれ日本人が、アジアで血を流したことで、次々に植民地が独立していった。多分、後世の人々は、日本人の犠牲が、アジアの植民地からの解放につながっていると評価するだろう』

「これは、もはや弁明じゃありません。自慢です。ウヌボレです。完全に間違っています」

「どう間違っているのか、教えてくれ」

と、小川はいった。

「間違いの第一は、日中戦争です。日本は植民地アジアの解放を戦争目的としました。しかし、中国はアジアの独立国です。その独立国に攻め込んで、数百万人の中国人を殺しているのです。これをアジアの解放とは、逆立ちしてもいえないでしょう。

第二、ビルマ、今のミャンマーを例にとると、太平洋戦争前から、ビルマの若者たちは少数で、イギリスに対して、独立のための戦いをしていました。そのリーダーが、アウンサンスーチー女史の父親のアウンサン将軍です。日本陸軍は戦争直前、彼等とひそかに連絡を取り、われわれは君たちの独立を助けるために戦争を始めるのであって、ビルマを占領するためではないと約束するのです。喜んだビルマの青年たちは必死になって、イギリス軍の機関車を破壊したりしてゲリラ戦を展開します。そこへ、日本軍が進攻して、ビルマ全土を掌握するのです。しかし、ビルマの青年たちと約束した独立は与えず、占領してしまうのです。東南アジアの全域で、日本はアジアの解放を口にしながら、何処にも独立を与えず、軍による占領をしてしまうのです」

「何故なんだ？　独立させていれば、アジアの解放という言葉と一致するのに」

「それは、アジアの解放という宣言が、最初から嘘だったからです。日本はアメリカと戦うためには、資源が不足していました。石油、ゴム、鉄、アルミニウム、何もないのです。そこで開戦と同時に、東南アジアの石油、ゴムなどを押さえてしまう必要がありました。そのためには、独立させるより、占領する。それも軍政を施《し》いた方が楽なのです。軍の圧力で、どんなことでも出来ますからね。だから、最初から、占領し、その国から必要な資源を手に入れるつもりだったのです。東南アジアを占領すると、早速、必要な資源の入手に動きましたが、これが見事に失敗するのです。当然です。植民地からの解放を期待しているのを裏切るわけです。その国の人々の期待など無視して、日本は勝手に命令をする。上手くいく筈がないのです」

「どんな風に？」

「フィリピンの経済は、砂糖で保たれていました。サトウキビを植え、砂糖を作り、それを売って他のアジアの国から必要な石油などを購入していたのです。ところが、日本は、沖縄で砂糖を作っているので、必要ない。日本が必要なコットンを作れと命じるのです。フィリピンが必要な砂糖を作らせず、日本のためにコットンを作らせようというのですから、上手くいく筈がありません。慣れないコットン作りは失敗して、フィリピン経済は破綻してしまいます」

「他の国でも、失敗をしたみたいだな。全く知らなかったが」

「日本は、主食が米なのに、米は不足しているのです。そこで占領したビルマから大量の米を日本に運ばせます。ところがビルマが旱魃《かんばつ》で米が不足し、飢餓が生じてしまいます」

「インドネシアは、成功したんじゃないか。もともと、親日国だから」

「確かに、一見、上手くいったように見えますが、日本の計算違いがありました」

「しかし、石油や、アルミニウムは手に入ったんだろう？」

「ただ、日本としては、インドネシアの現地で、石油からゼロ戦なんかに使えるガソリンに精製できると計算していたのに、現地にそれだけの設備がなくて、わざわざタンカーで原油を日本に運んで精製しなければならなかったのです。そのタンカーが、アメリカの潜水艦に次々に沈められて、敗戦の一因を作っています」

「私の知識では、昭和十八年八月にビルマ、十月にフィリピンを独立させたことになっているんだ。当時の東條《とうじょう》首相が、独立を宣言した」

「そうです」

「しかし、一九四三年（昭和十八年）八月や十月が、独立記念日になっているアジアの国は、一つもない。それが不思議だった」

「昭和十八年は、日本の敗戦が、決定的になった年といってもいいのです。そうなると、ビルマやフィリピンやインドネシアの人々は、敏感ですから、このまま日本についていって大丈夫なんだろうかと、考え始めます。日本が敗《ま》ければ、イギリスやオランダが、戻ってくる。また植民地にされてしまう。そうなった時、日本軍と仲良くやっていたら、どんな目にあうかという心配もあったと思うのです。もっとも複雑な立場にあったのは、日本自身だったと思います。開戦から二年間、アジア諸国を占領したのに、独立を与えて来なかった。ところが、戦局が悪化してきて、あわてたんでしょうね。明らかに、ご機嫌とりですよ。おくれていた独立を与えて、今まで通り、資源を確保したかったと思いますね」

「この時の首相は、東條英機《ひでき》だったね」

「そうです。翌年、サイパンを失って、首相の座を降りています。フィリピンの独立記念式典の時、フィリピンの大統領が、演説をやるんですが、一番複雑な気分だったと思いますよ。日本軍の占領前、フィリピンはアメリカの植民地だったんですが、その当時、アメリカは独立を約束しているんです。別に日本に頼まなくても、独立できるんです。だから、この時、日本に現実感のない独立を貰ったら、日本が敗けたあとでアメリカにいじめられたら困るなという意識もあったと思うのです」

「とすると、この時、相手は、あまり喜んでいなかったということだね」

「当然でしょう。戦争に敗けそうな国に、独立を貰っても、あとが怖いですからね。迷惑だったかも知れません」

「それでも、昭和十八年十月までに、ビルマやフィリピンは日本から、独立を与えられたわけだろう。しかし、それは世界中が認めたわけじゃない。その上、二年後に、日本が敗北すると、元の植民地に戻ってしまう。つまり、その時から、解放闘争を始めなければならないわけだよ」

「その時の日本軍の態度も問題だと思っているんです。例えばインドネシアを占領していた日本軍は、眼の前に、二年前に日本が独立を与えたインドネシア政府がいるわけだから、本来ならその政府に降伏すべきでしょう。それなのに、オランダ軍が来るのをわざわざ待っているんです。結局、オランダの代りにイギリス軍がやってきて、そのイギリス軍に降伏するんです」

「つまり、日本は自分が独立を与えた政府に降伏せず、昔の宗主国に降伏したわけか」

「そうです。香港も、シンガポールも、同じです。日本軍が解放し占領していたのに、香港では中国政府に降伏せず、シンガポールはわざわざ昭南《しょうなん》の名前までつけているのに、イギリス軍に降伏しているんです」

「どう考えても、日本のおかげで解放され、独立できたとはいえないな」

「いえません。特にフィリピンは、首都マニラを無防備都市宣言して、日本軍はルソン島《とう》北部に撤退して戦うべきだったのに、市内に残り、アメリカ軍との間に、市街戦を展開したために、市民も巻き添えになり、戦後の復興をおくらせてしまっているのです。独立の邪魔をしたわけです」

「そう考えると、この仏教徒の『アジアの解放に貢献』というのは、嘘になってくるね」

「自慢できるものじゃありませんね。アジアの人たちは自らの力で解放を手にしたので、日本はほとんど役に立っていません」

「よし」

と、小川は肯《うなず》いてから、

「ところで、この写真の坊さんの名前は、何だったかな？」

と、きく。

十津川は、スマホのアプリで調べてから、

「僧としての名前は、『総本山楓寺《かえでじ》管長・倭高《わこう》久《きゅう》』。宗教研究家としては、『京都N大文化学部教授・小早川茂《こばやかわしげる》』になっています」

「楓寺なら、行ったことがある。多分、その時、この男を見たんだ。僧侶姿を」

「とにかく、あなたのおかげで一人の人物がわかりました」

「あと、五人か」

小川は、写真を見ながら、

「この写真の連中が、私の本を出させないわけだ」

「五人の中に、知っている人物がいますか？」

と、十津川は、きいた。

十津川は、殺人事件の解決には写真の男女が何者なのか知る必要があると思っている。

「この女性ね」

と、小川は六十才くらいに見える女性を指さした。

十津川の全く知らない女性だった。

「卯亜《ぼうあ》出版という出版社を知ってるか？」

「もちろん、知ってますよ。大手の出版社だが、ちょっとクセのある本を出す会社です」

「この卯亜出版が、最近、自費出版の部門を始めたので、訪ねてみたんだ。どんな本を出しているのか知らずにね。自費出版係に原稿を渡すと、普通、二、三日して返事をするというのだが、この時は、何故かしばらく待合室で待って下さいといわれてね。退屈なので、社内を歩いていたら、最上階に、貴賓室があって、そこに、この女性がいたんだ。その時、和服でね。男性と話をしていたんだが、男の顔は見えなかった。二時間近く待たされたあと、担当がさ、参考にした資料があるかというので、日記があるといったら、両方で百万円で買い取りたいというんだ。こっちは自費出版したいのに、買い取るというのは変だと思って、返事をためらっていると、担当が、スマホで何処かにかけてるんだ。相手を会長と呼んで、『二百万まで出していいですか』なんていってるんだ。これはもう、出版のことじゃないと思った。そこで、上の貴賓室に、上品な女性がいたが、というと、うちの会長だといわれてね。とにかく、原稿や日記は売らずに帰った。二百万で売っていたら、間違いなく焼き捨てられていたね」

「ちょっと待って下さい」

十津川は、もう一度スマホで、卯亜出版社を調べてみた。

「昭和十二年、日中戦争の年に生まれた出版社。社長の本堂剛一郎《ほんどうごういちろう》は、『我が社は、日本の為《ため》になる書物のみを出版し、日本の為にならぬ書物は出版せずを信条とする』と宣言していた。その後、子、孫と創業者の意志は引きつがれ、現在は、孫に当る本堂保子《やすこ》が会長として、創業者の信条を守る出版物を出しており、また、さまざまな団体の理事長や理事を務めているが、その多くに、『日本』の名前がついているのはいかにも、本堂保子らしい」

「二百万で売っていたら、間違いなく原稿も日記も焚書《ふんしょ》にあっていますよ」

と、十津川はいった。

小川のスマホが、鳴った。

小川は、落ち着いた声で話していたが、

「私の友人だが」

「同人雑誌の人ですね」

「その友人のマンションが火事になった。だが、すでに消火され、友人も軽い火傷《やけど》ですんだといっている」

「お友だちは、本当に大丈夫ですか？」

「病院に運ばれ、火傷の手当を受けている。私が彼に頼んで、彼の同人雑誌にのせるといったので、狙われたのかも知れない」

「原稿と日記は無事ですか？」

「取引きのある銀行の貸金庫に預けてあるから大丈夫だ」

　と、いってから、小川は、急に落ち着かない表情になった。

「お友だちが、心配ですか？」

「軽い火傷だと、本人はいってるんだが」

「それでも、心配でしょう。お友だちの運ばれた病院に行きましょう。同行しますよ」

「どうして、一緒に来てくれるんだ？」

「私は、殺人事件の捜査を担当していて、あなたも、事件に何処かでつながっていると確信しているのです。一緒に行くのが、当然でしょう」

　と、十津川は、いった。

第五章　首相案件

1

（またか）

と思った。

三杉が、何かの雑誌に祖父三杉克馬のことを書いた。

特攻機白菊について説明し、真相を知っている人は連絡して欲しいと書いたのだが、そのあと、毎週一、二回の割合いで、マンションの郵便受に手紙が投げ込まれるようになった。

封筒の裏には、

「忠告」

「非国民」

といった言葉が書かれ、内容はほとんど同じだった。

「世界に恥をさらすようなバカな真似《まね》は止《や》めろ」

「それでも、お前は日本人か」

「軍令部作戦部長がそんなバカな命令を出す筈

がない。面白がって、嘘《うそ》を書くな」
「証拠もなしに、出鱈目《でたらめ》を書くな」
「お前のような嘘つきを非国民というのだ」

今日は少し危険な感じだった。

「今後も嘘をついて、日本民族をおとしめるなら、こちらにも覚悟があるぞ。怒っている仲間は、何人もいるぞ」

などと、あった。

だが、三杉は、どうしても知りたいことがあった。

第一、祖父が日記に嘘を書くとは思えなかった。

しかし、軍令部の作戦部長が、アメリカの病院船レッド・グロリアに特攻しろと命令するのも信じ難い。

平和な時代に育った孫の三杉には、病院船に体当りするということ自体、想像外なのだが、それでもなお、祖父の日記を信じるのは、「潜水艦事件」があったからである。

潜水艦事件というのは、昭和十八年二月から、昭和十九年後半にかけて、インド洋全域で実行されたもので、主にインド洋で展開する日本海軍潜水艦隊が、連合国側の商船を魚雷で攻撃、沈没後、引き上げた非戦闘員を訊問ののち殺害、または救助をせずに洋上で射殺するという国際法に反する犯罪行為を行った。商船十三隻が撃沈され、乗組員八百余名が殺害された。戦後東京裁判で問題になった事件である。

この事件の根が深いのは、潜水艦隊によるこの殺害が、個々の艦長の判断によるものか、それとも軍令部の指示或《ある》いは命令によるものか、裁判で明らかにできなかったところだった。

もし軍令部の指示、命令によるものだったとなれば、海軍大臣嶋《しま》田《だ》繁《しげ》太郎《たろう》海軍大将（軍令部総長も兼務していた）の監督責任が問われるのだ。

東京裁判では、軍令部の関与は、実証されなかった。

しかし、民間人の殺害ということで、ＢＣ級戦犯の戦争犯罪でもあり、そちらで問題が再燃した。

責任問題でもめたといっても、民間人殺害という事実はあったのである。とすれば、祖父が病院船への特攻を命じられたことも、十分にあり得る話なのだ。

従って、この事実は、簡単には三杉は否定出来ないと思っている。

問題は、祖父がその命令を実行したかどうかだった。

日本海軍の資料には、昭和二十年五月二十五日に、白菊特攻隊一〇機沖縄に出撃の記述はあっても、アメリカの病院船レッド・グロリアへの突入の記述はない。

祖父も、他の九機と一緒に、沖縄のアメリカ艦船への突入となっているのだ。

その前日まで、祖父は東京から来た軍令部作戦部長に、一機だけで、アメリカの病院船への突入を命じられ、それに悩んでいた。

少くとも日記の記述は、前日で終わっている。

祖父は、結局、病院船への突入を止め、他の九機と、通常の特攻を実行したのだろうか。

軍令部作戦部長が、命令を変えたのだろうか？

祖父の名誉を考えれば、その方が安泰といえる。祖父にとっても、日本人の歴史にとっても、である。

潜水艦事件という歴史の汚点は、はっきり残ってしまったが、病院船事件という、さらに大きな汚点は今のところ、日本海軍の歴史から、消えている。

三杉が、マスコミに、それを受け入れたと書けば、不快な投書攻撃もなくなるだろう。

しかし、三杉には、それが出来ない。

理由は、二つあった。

一つは、日本の軍隊の性格である。特に、海軍では、上意下達《じょういかたつ》が徹底していた。上からの命令はいかに強引で、無茶なものでも、反抗は許されなかった。しかも、可及的《かきゅうてき》速《すみ》やかに、実行しなければならないのである。

戦後、軍令部作戦部長は、病院船に対する特攻については一言も触れずに、亡くなってしまった。

だが、潜水艦事件が実際にあった以上、祖父が、病院船襲撃を命じられたことは事実だと、三杉は、考えざるを得ない。その命令を、取り下げたとは思えないのだ。そんな事例は、皆無に近いからだ。ガダルカナル戦の敗北の事例を見ても、当時の日本の軍隊は、一度出した命令を引っ込めようとはしなかった。そうすることが、自己の誤りを認めることになると思い込んでいたからである。

絶対にあやまたず、が日本の軍隊の信条で、そのために敗北したようなものである。だから、三杉は、祖父が軍令部作戦部長から、アメリカの病院船レッド・グロリアに特攻せよという命令を受けたことは間違いないという結論になってしまう。

問題は、それが実行されたかである。

特攻という行為自体が、実行した特攻隊員が死んでしまうので、報告がされないことがある。

敗戦後、裁判にかけられるのを恐れて、軍令部は病院船襲撃命令は、無かったことにして、関係書類を焼却してしまったと思われる。その上、たった一人の特攻で、その実行者は死んでしまっているから、報告をするものもいない。

この沈黙は守られた。

潜水艦事件が、明らかになったのは、実行者である潜水艦乗組員の何人かが、生存していたからだ。それでも、軍令部が、民間人射殺の命令を出したかどうかで、もめているのである。

その点、昭和二十年五月二十五日の祖父の行動は、祖父一人の行動で、祖父は死んでしまっている。証明が難しい。

しかも、命令者は、沈黙を守ったまま亡くなっている。

しかし、逆にだからこそ、三杉は、実証したかった。だが、肝心の証拠が見つからない。

その日、祖父の三杉克馬海軍中尉二十三才は、ただ一機、足摺岬の上空で、別れの円を描いてから、沖縄に向って飛び去った筈である。

その目撃者が、見つからないのだ。

これでは、僚機と一緒に、一〇機で、通常の特攻として、沖縄で死んだことになってしまう。

何としてでも、ただ一機の出撃でなければいけないのだ。

三杉は、自分が働く「旅と歴史」に、編集長の了解を貰《もら》って、小さくだが、何度となく、目撃者探しを訴えた。

その訴えが、やっと実を結んだのである。

2

東京の「旅と歴史」社に、情報が届いた。

「自分は現在八十七才だが、国民学校高等科一年の時、朝、キラキラ光る飛行機を見た」

と、手紙に書き、その絵を送って来たのである。

それは、まぎれもなく、あの練習機「白菊」だった。

三杉は、和田編集長に話をして、足摺に飛んだ。手紙の住所が、足摺の小さな漁村になっていたからである。

八十七才の情報提供者、伊知地《いじち》勝《まさる》は、漁師ではなく、漁村の小さな診療所の医者だった。

少し太り気味の身体《からだ》つきだったが、血色がよく、元気だった。

「終戦の時、国民学校高等科一年でしたが、学校は授業を中止して、生徒は全員、近くの軍需工場で、働いていました。といって、何が作れるわけでもないので、工場内の掃除をやっていました」

と、いう。

「五月二十五日の朝、足摺岬の上空を、ちょっと変わった飛行機がゆっくり飛んでいたんです。たった一機で」

「この飛行機ですか？」

と、三杉は持っていった白菊の写真を見せた。

「断定は出来ないけど、不《ぶ》恰好《かっこう》な図体《ずうたい》の大きい飛行機でしたよ」

「足摺岬の上空を、当時はよく、日本機が飛んでましたか？」

「飛ぶというより、足摺岬とか、佐田岬上空で編隊を組んで、南へ向うんです。戦争末期には、ほとんど、特攻機でしたね。一機じゃありません。何機もね。でも、この飛行機は、ただ一機だったから、何をやってるのか不思議でしたよ」

「二十五日の朝ですね？」

「そうです。午前六時頃かな。でも変な飛行機でしたよ」

と、盛んに変な、を連発する。

「あの頃の日本の飛行機、特に海上を飛ぶ軍用機は、濃いブルーと淡いブルーのツートンの機体なんです。それなのに、黄色っぽかったですよ」

と、いう。

それは多分、練習機としての色なのだ。

相手を油断させるためだったのか、それとも、塗装し直す時間がなかったのか。

三杉は、全特攻機の名簿を手に入れた。

日時と、何機が特攻出撃したかの目録である。

五月二十五日の項目には、海軍機で、単機出撃した特攻機はゼロになっている。

とすれば、黄色っぽい機体で、ただ一機、足摺岬上空で、円を描いたあと、南へ消えた機こそ、祖父三杉中尉の「白菊」だったに違いない。

それは、確信だった。

問題は、そのあとだった。祖父の乗った、たった一機の特攻機「白菊」は、命令通り、沖縄で、アメリカの病院船レッド・グロリアに体当りしたのか。

それとも、しなかったのか、それを知りたいのだが、調べる方法が、なかなか見つからなかった。


日本側の記録には、そんな命令を出したことさえ、残っていないのである。

あとは、アメリカ側の記録である。

アメリカに行けば、調べようがあると思うのだが、その余裕がない。

日本で入手できる唯一の情報は、S出版が出した『アメリカ海軍艦船全目録』と題した豪華な写真集だった。

一万円と高かったが、三杉は買った。

アメリカ海軍の病院船について、知りたかったからである。

原子力潜水艦や、原子力空母の写真は、いやというほど大きく、何枚ものっていたが、病院船は後ろのページに、数枚しかのっていなかった。

それでも、レッド・グロリアの名前と写真があった。

アメリカは、二隻の病院船を持っていて、太平洋と大西洋に、一隻ずつ配置していた。

レッド・グロリアは、太平洋のハワイ軍港所属になっている。

二本煙突で、船体に大きく、赤十字のマークが入っていた。

(健在なのだ)

と、ほっとしたが、船名に、

「レッド・グロリア(二世)」とあることに、新しいショックを受けた。

病院船は、あまり建て替えない。

国際条約で、攻撃されないことになっているからである。日本の病院船も、他の軍艦が、ほとんど沈められているのに、戦後まで無事で、最後は海外からの軍人、民間人の帰還船として、働いている。

それなのに、レッド・グロリアに、わざわざ(二世)とあるのは、戦争中、日本の特攻を受けて、損傷したため、急遽《きゅうきょ》再建されたのではないかと、三杉は考えてしまうのだ。

もし、そうなら、特攻したのは、祖父の「白菊」に違いない。

祖父は、迷った末に、命令を守って、昭和二十年五月二十五日、沖縄で、レッド・グロリアに体当りしたのだ。

もちろん、孫の三杉としては、祖父は、せめて、迷った末、命令に背いて、自爆していて欲しかったのだが、どうも、命令に従って、病院船レッド・グロリアに体当りしてしまったらしい。

残念な気分だったが、三杉としては、とにかく詳しいことを知りたかった。

祖父の「白菊」が体当りしたことで、レッド・グロリアは、どんな損傷を受けたのか、特に、三杉が知りたかったのは、何人のアメリカ負傷兵が、死傷したかだった。

それを知りたいと思うのは、祖父への命令を、無かったことにした、軍令部への抗議だった。

それを何処に聞いたらいいのかが、わからない。

防衛省にも、電話した。

アメリカ海軍の病院船レッド・グロリアが、戦争末期、日本から攻撃されたことがあるかという、直線的な質問が、いけなかったらしい。

「旧日本海軍は、病院船を攻撃するような非人道的なマネは、決して行ってはおりません」

と、言下に否定されてしまった。

アメリカ大使館にも、聞いてみた。

こちらは、おだやかに、だが、

「大使館は、日本国との親善を通して、世界の平和を目的としていて、軍事についての質問には、お答え出来ません」

と、断られてしまった。

病院船レッド・グロリアが、横須賀《よこすか》に入港してくれたら、と思っても、今は、基地に病人が出ても、飛行機でハワイに運んでしまうので、戦争でも起きない限り、病院船が、日本にやって来ることはないと、いわれてしまった。

それでも、少しずつだが、アメリカ海軍について、詳しくなっていった。知識が増えていく。

その一つは、アメリカ海軍では、全ての艦船について、詳しい履歴書が出来ているというものだった。

例えば、太平洋戦争で活躍した空母「ランドルフ」についていえば、一九四五年三月十一日、西太平洋の海軍基地「ウルシー」で日本の特攻機六機の攻撃を受け、船尾に二機命中。大破し、死者二五名、負傷者一〇六名の被害を受けた。これは、日本の雑誌にのった。

攻撃は、二〇〇五《ニマルマルゴ》時から二〇一五《ニマルイチゴ》時までに及び、ランドルフは、最初の一機の体当りにより、船尾の銃座が破壊され、船体は、四度傾いた。

そのため、艦載機六機が甲板から海に転落した。

五分後に、二機目の特攻機の体当りで、火災が発生し、消火に当る。死傷者は、小型艇で空母「サラトガ」に移送中である。

といった艦歴である。

三杉は病院船レッド・グロリアの「艦歴」が欲しかった。

祖父の「白菊」が攻撃していれば、「五月二十四日（アメリカ時間）」の艦歴に、詳しくその模様が書かれている筈なのだ。

それを読みたい。

ショックを受けるかも知れないが、知らなくてはならないという義務感だった。

何しろ、全ての米海軍の艦船の履歴である。厖大《ぼうだい》なものに違いなかった。

アメリカ本国の議会図書館になら、備えられているだろうが、日本の国会図書館に問い合わせてみても、収蔵していなかった。また購入する予定もないといわれた。

「どうしたら、見られますか？」

と、三杉がきくと、受付の職員は苦笑した。

「今のところ、渡米されて、向うの議会図書館に行けば、ご覧になれると思いますが――」

「日本にいて、個人的に購入出来ませんかね？」

「かなりの限定版なので、日本から購入するのは、無理だと思いますね」

という返答だった。

それでも、というより、それならなおさら、その艦船の履歴書を見たかった。

病院船レッド・グロリアの履歴である。

幸い、商社員の友人が、渡米することになったので、彼に頼むことにした。

三日後に、その返事としてメモとコピーが送られてきたが、その記述に、三杉は新しいショックを受けた。

アメリカ海軍の病院船「レッド・グロリア」二八〇〇〇トンの昭和二十年（一九四五年）五月二十四日（日本時間五月二十五日）の記録である。

一九四五年五月二十四日（アメリカ時間）

●一八・〇〇　ハワイ・オアフに向け、オキナワ・「なは」港を出港。二〇〇〇人の傷病兵を乗せていた。
駆逐艦ケンタッキー一五〇〇トンが随伴する。
晴れ。風力〇・五

●一八・二四
突如　日本機一機のカミカゼ攻撃を受ける。
病院船は国際条約によって守られているので、安心しているところだったため、日本特攻機の体当りを避けようと、急遽舵《かじ》を切ったが、避け切れず、特攻機は、左舷二階部分に激突、破損し、火災発生。

●一八・四〇
エンジン停止。
駆逐艦ケンタッキーが接舷し、協力して、人命救助と鎮火作業に当る。

●二〇・〇〇
艦隊司令部から緊急無線が入る。一七・五〇頃オキナワ沖に集結中の第五艦隊に対して、特攻機九機によるカミカゼ攻撃が行われたが、上空の警戒に当っていた一六機の海軍戦闘機によって、撃墜され、危険は消滅したとのことだった。

病院船レッド・グロリアの船内で負傷した患者の中、重傷者は直ちに、空路ハワイのホノルル病院に運ぶことに決定した。

●二〇・三〇
今回の日本特攻機による攻撃で生じた人的被害
負傷者三六名　死者一〇五名　行方不明三名
病院船レッド・グロリアは、鎮火が確認されたため、速度一二ノットで、「なは」港に向う。

このメモには、コピーされた写真二枚が、添付されていた。

特攻機一機が、レッド・グロリアの左側面に、浅い角度で、突入したため、二階病室の一部は、えぐられるように破壊されている。

「参った」

と、三杉は、思わず呟《つぶや》いていた。

そのあと、三杉は、この友人に電話をかけた。

「今、ショックを受けている」

と、三杉がいうと、友人は、

「実は、もう一つ、知らせておきたいことがあるんだ」

「更に、ショックなことなんじゃないだろうね？」

「問題の日、病院船に乗っていて死亡した兵士の遺族が『レッド・グロリア遺族会』を作って、毎年日本時間の五月二十四日に集まっていて、この会は今も続いている。それを書くのを忘れてね」

と、友人はいった。

「レッド・グロリア遺族会か」

「こうした遺族会は、アメリカにはいくつもあるんだ」

「つまり、こっちが忘れても、アメリカ人は遺族も忘れないということか」

「忘れないのは、アメリカ人だけじゃないよ。大戦に参戦したイギリス人もオーストラリア人も忘れない。日本人が、特別なんだよ。これは、海外へ出ると、よくわかるよ。日本人がいかに特別か」

　と、友人がきついことをいった。

「日本人は、そんなに特別か？」

「それは、自覚すべきだと思う。例えば、第二次大戦に、世界中の国家が参戦した。その中で、特攻を考え実行したのは、日本だけなんだ。ドイツは、あのヒットラーが指導していたが、どんな危険な兵器でも必ず安全装置をつけていた。特攻の観念はなかったんだ」

「他にも、日本人が特別という例はあるのか？」

「玉砕がある。実は、陸軍刑法では、刀折れ、矢つきて、戦う手段がなくなった時は、敵に降伏してもいいとあるんだ。それなのに、何故《なぜ》か訓示でしかない戦陣訓に従って、日本人は自ら命を絶っているんだ。法律よりも、訓示の文句を守って、軍人も民間人も自ら死を選ぶ国民というのも、珍しいんじゃないかね」

「それは戦争だからだろう」

「いや、戦争が終って七十五年以上経っているが、今の平和な時代でも、同じように特別な性格を持ち、特別な論理を持つ国民だと思うことがあるよ」

　と、友人はいう。

「君は商社員として、世界中を走り廻っているんだから、日本人が、他の国の人々と、どこがどう違うか教えてくれ」

　と、三杉は、いった。

電話が長くなるが、こうなると、あとに引けないのが、彼の悪いクセである。

「そうだな」

と、友人は考えていたが、

「現在、世界中が新型コロナで大さわぎだ。やっと緊急事態宣言が解除されたが、第一波の頂上の時は、政治家も、医者も、国民も、対応の仕方がわからなくて、全員がパニックになっていた」

「それは、仕方がないだろう。上から下まで、新型コロナは生まれて初めてなんだから」

「問題はそこなんだ。生まれて初めて新型コロナ禍にあった時、世界の国々では、どうするか?」

「皆んなが集まって、相談する――だろう。他に対応の仕方はない」

「ただ集まるだけじゃ駄目だよ。新型コロナという大問題を抱えているんだから」

「じゃあ、どうするんだ?」

と、三杉は、きいた。

「新型コロナを、どう扱っていいか、誰も知らなかった。医者だって、どんなものか、ウイルスであることしか知らなかった。立派な医者だって、新型コロナに限れば、医学生と、さして知識には差がない。そんな時、多くの国家は、国民は、採る方法が、決まっているんだ。『各自自分の考えを持ち出して、猛烈に議論する。そして、一番納得できる考えを採用する』とね」

「まあ、かも知れないが、それと、日本人の特殊性と、どう関係があるんだ？」

「実は、新型コロナで、大さわぎの時、政府は、アメリカの医者を呼んで意見を聞いている。アメリカで、三〇年間、感染症の研究をしている医者だよ。今の時点で、どうするのが最良か教えてくれといった時、その医者は、こう返事をした。『とにかく、全員で各自の考えを出して、かんかんがくがく議論をする。長老も若手もない。その議論の果てに生まれた考えを採用する。何処でも、そうします』と。そうしたら、彼を呼んだ日本の政治家は、『それは、困る。日本は、和を大事にする国で、それに長老を大事にする国でもあるので、ケンカのようなことになっては困るのだ』といって、折角《せっかく》呼んだアメリカの医者の案を断ってしまったんだ。その医者は、日本を去るに当って、一言残している。日本は変わった国だと」

「和と長老の国か」

「他国の人には、日本は、そう見えているんだよ」

「私は、何よりも、昭和二十年五月二十四日（アメリカ時間）の午後六時過ぎに、日本の特攻機が、アメリカの病院船に体当りして、死者が出たことに、ショックを受けている。結局、祖父は非人道的な命令に従ったんだと知ってね」

「知らせなければ良かったかな？」

「いや。真実を知らなかったら、もっと悩むことになったよ。ところで、いつ日本に帰ってくるんだ？」

と、最後に、三杉がきいた。

「一週間後だ。何か、おみやげを買っていくよ。君を元気にするような」

と、いって、友人は電話を切った。

3

三杉は、電話を切ったあとも、しばらく、自分の身体の中心が取れない感じだった。

三杉が日記を読んで知った祖父の三杉克馬は、軍人ではあったが、心優しい男でもあった。

一刻も早い終戦を望んでもいた軍人だった。

だからこそ、病院船に特攻しろという軍令部作戦部長の命令に、困惑し悩み抜いたのは、当然だった。

祖父の日記を見る限り、出撃直前まで悩んでいたことがわかる。

結局、命令通りに、病院船レッド・グロリアに突入したのは、悩んだ末だろう。

だが、それでも、三杉が受けたショックは、大きすぎた。

祖父が、特攻したせいで、死者が出たのだ。

しかも、その死者は、戦場で負傷しながら、ハワイの病院に行き、再起をしようと考えていた兵士たちなのである。

三杉はショックのため、朝まで眠れず、翌日は、無断で休んでしまった。

夕方には、心配した編集長の和田が帰りがけに寄ってくれた。それに対して三杉は、

「つい寝過ごしてしまいました。すいません」

としか、いわなかった。

「それならいいんだが、君が、例の列車の取材に行った時のことを思い出してね」

　と和田がいう。

「特急『志国土佐　時代《トキ》の夜明けのものがたり』ですか」

「それだよ。取材のために取った予約をキャンセルするなんて、君らしくない行動だったからね。よほど、足摺岬が気になっているんだろうとは思ったが、出来れば、何故、足摺岬に拘《こだわ》るのか、正直に話して貰いたいんだがね」

　と、和田はいった。

　三杉としては、今は、とても祖父の話はする気になれなかった。

「ただ単に、あのあたりの景色が好きなだけです」

　とだけ、いった。

　それで、和田が納得したようには思えなかったが、向うから話題を変えてくれた。

「小川英明という人を知らないか？」

　と、和田がきく。

「その人がどうかしたんですか？」

「今日、訪ねてきて、本を出したいので、相談にのって欲しいというんだ」

「小川英明さんなら、郷土史家として、かなり有名な方ですよ。私も、岩手を取材した時、お世話になっています」

「確かに、岩手というか、東北に詳しい人だというのは、よくわかった。話していて楽しい人だったよ」

「しかし、おかしいですね」

「何がだ？」

「すでに、岩手の歴史とか、岩手の民話なんかの本を、何冊か出している筈です。それがうちのような小さな雑誌社に、相談に来るというのは変ですよ」

「なるほどね」

「どんな本を出したいというんですか？」

「戦時中、釜石は、アメリカ軍の艦砲射撃を受けたり、艦載機の攻撃を受けたりしているというんだ」

　戦時中、というので、三杉は、急にその話に興味を覚えた。やはり、祖父のことがあるからだろう。

「釜石に、大きな製鉄工場がありましたからね」

「その時、沖のアメリカ艦船に懐中電灯を使って、合図を送っていた日本人スパイがいたというんだよ」

「そういう話はいくらでもあります。敗《ま》け戦《いくさ》になると、敗ける原因を探すんですよ。自己批判は嫌だから、スパイがいるという方向に持っていくんです。沖縄戦の裏面史なんかを読むと、スパイだらけですよ。それも女スパイが多くて、たいてい懐中電灯で、沖のアメリカ艦船に合図を送ったりが多いんです。スパイ話で一冊の本が出来ています。だから釜石にスパイが出ても、おかしくはありません。ほとんどデマですがね」

「スパイにされた若者が自殺するんだ」

「それは、難しくなりますね。実名が出てしまいますからね」

「その点は、小説の形にしたいと、小川さんはいっている」

「それなら、問題はないんじゃありませんか？」

「ところが、そんな本は出すなという声が一方にあって、小川さんの話では、危うく資料の方も、小説の方も、焚書《ふんしょ》にあいそうになったというんだ」

「焚書ですか？」

「大きな出版社で、資料と小説の両方を二百万で買いたいといわれたそうなんだ。最初は、喜んだんだが、その出版社のことを、もう一度、調べてみたら、創業者のモットーが『日本のためにならない出版は絶対に許さない』とあったのであわてて、持ち帰ったといっていた」

和田の言葉に、三杉は笑った。

「その出版社、知っていますよ。出版社というより、検閲官という感じの女性社長です。自分のところで出さないだけでなく、大金で買い取って、編集長がいった焚書にしてしまうんです」

「君は、会ったことがあるのか？」

「昔、入社試験を受けたことがあるんです。十八年前ですよ」

「どんな入社試験だったんだ？」

「試験そのものは、常識的なものでしたが、最後にその社長じきじきの口頭試験がありましてね。いきなり、『わが社の主張は愛国です。それに反する書籍はいかに売れようと、絶対、出しません』と、かまされましてね。そのあと、名作といわれる作品を何冊か並べて『この中から愛国的でないものを一冊、選びなさい』といわれたんです。これは思想調査じゃないかと思って、逃げ出して当社のお世話になることにしたんです」

「小川さんだが、問題の資料を『釜石ものがたり』という小説の形にして出したいと考えた頃から、攻撃的な手紙が多くなったといっていた。自費出版を行っているような出版社にも、小川さん本人にも、国辱的な本は出さないようにという投書が来るようになったというんだ。個人名でね」

と、和田はいう。

三杉は、ふと、自分のことを話そうかと思った。が、それは止めて、いった。

「愛国ほど、簡単なのに、難しくて、誰でもなれるものは、ありませんからね。もう一度小川さんに会いたいですね」

「それなら、明日、小川さんを呼んでおくよ。原稿を預っているから、返事をしなきゃならないんだ」

と、いって、和田は、帰って行った。

翌日、出社すると、

「小川さんは、昼頃、お見えになる」

と、和田がいった。

昨夜、連絡した時の返事だという。

しかし、昼過ぎになっても、小川は現れなかった。

そこで、和田が、教えられたスマホにかけると、知らない男の声が出て、逆に、

「おたくの名前を教えて下さい」

と、いわれてしまった。

相手は、警察だった。和田が、こちらの出版社の名前を告げると、一時間後には、若い刑事二人が、やってきた。

警視庁捜査一課の日下《くさか》と三田村《みたむら》という二人の刑事で、事情を説明してくれた。

地方史家のグループがあり、小川英明は、理事の一人だった。

別の理事が、会のことで、小川に連絡すると、スマホは鳴るのだが、彼が出ない。心配して、一一〇番をしたというのである。

地元の警官が調べてみると、マンションに小川の姿はなく、テーブルの上に、彼のスマホだけが置かれていた。

部屋には、争った形跡はなかったが、警察としては、失踪と誘拐両方で調べていると、二人の刑事は、いった。

和田は、前日小川自身が、自分の書いた原稿のことで、相談に来たと、刑事たちに説明した。

「その原稿は、こちらで預っています」

と、和田が、それを見せると、二人の刑事は簡単に中身を確認してから、

「これは、しばらく、こちらで預らせて下さい」

と、日下刑事がいった。

「こちらに来た時、小川さんは、誰かに脅かされているようなことはいっていませんでした

か？」

「原稿の内容が、戦時中に本当にあったことなので、いろいろ難しいとは、おっしゃっていましたね」

と、和田がいうと、二人の刑事は急に、興味を示した。

「どんな難しいことがあると、小川さんは、いっていたんですか？」

「日本の恥になるようなことは書くなと、いわれたとか」

「他には？」

「マンションの郵便受に、警告の手紙が投げ込まれていたこともあったと、おっしゃっていました」

と、和田がいうと、三田村という刑事が携帯をかけた。そのあと、

「日本桜会という名前を、小川さんは口にしてませんでしたか？」

と、和田にきく。

「どうでしたかねえ」

和田が、迷っているのを見て、三杉は、我慢し切れなくなって、

「私は、知っていますよ」

と、割って入った。

二人の刑事は、三杉を見て、ニッコリした。

「そうだ。あなたは、例の足摺岬の人でしたね」

「三杉という名前です」

と、いってから、三杉は、

「あの時、列車の私が予約していた席で殺され

た高見恵二さんが、確か、日本桜会の一人でしたよ」

「その通りです。男女九人が理事の日本桜会というのが実在していて、現在伊東元首相の妹、夏子さんが理事長をやっておられます」

「あの時、高見恵二さん殺しの容疑者にされたんですが、真犯人は見つかったんですか？」

と、三杉がきいた。

「残念ながら、まだです。その後日本桜会の理事は二人目も殺され、現在捜査中です」

「日本桜会には、いろいろと、噂がありますね」

「そうですね。桜会のために動いている人間が一〇〇〇人いて、全員、自主的に働いているという噂もそのひとつです」

「その一〇〇〇人の全員が、警告の手紙を出しているのは知っています」

「三杉さんも、受け取ったといってましたね」

「小川さんに見せるために、その中の二通、持って来ました」

三杉は、それを、刑事と和田に披露した。

○沈黙

○日本人を傷つけるようなものは書くな。愛国者たれ。

「沈黙と書かれた手紙は、足摺岬から東京に帰ってすぐ受け取りました。もう片方は最近です」

「小川英明さんの場合は、マンションには、一通もありませんでした。小川さん自身が、焼却してしまったのか、犯人が持ち去ったものかはわかりません」

と、日下はいった。

一時間もすると、二人の若い刑事と交代して、十津川警部とベテランの亀井刑事が、やって来た。

和田編集長や三杉と、話し合いたいといってである。和田も、それに応じて、狭い編集室ではと考え、近くのカフェの個室を借り切った。事件を担当する警察の人間との話し合いは、出版社としてもプラスになると、計算したのである。

場所を、カフェに移したことで、十津川と亀井の話し方も、気楽になっているように見えた。

「日本桜会というのは、一応、各界の第一人者が集まって、日本の将来を決めて行こうと考えている。そんな人々の集まりです」

と、十津川は、いった。

「ホンモノの第一人者ですか？」

と、和田が、きいた。

「今までに、わかった人物について、説明しましょう。まず、理事長の伊東夏子、伊東元首相の妹です。頭も切れるし、弁も立ちます。会のリーダーというより、宣伝係としては、適任でしょう。それに、日本の政界にも、かなりの力を持っています」

「しかし、これまでは伊東元首相の宏子夫人が、日本桜会の代表になっていて、伊東夏子さんの名前は無かったんじゃありませんか」

「それについては、二説ありましてね。伊東夏子は、桜会に入りたかったが、宏子夫人が邪魔をして入れなかったという説と、自分は陰にいたかったので、宏子夫人を、理事長にしていたという説があります。いずれにしろ、宏子夫人が亡くなったので、伊東元首相の妹、夏子が、名実共に代表になりました」

「独身ですか?」

「一応独身です」

「一応というのは?」

「ここ数年、彼女には同じ秘書がついています。東大―ハーバードという学歴で、五十代ですが、独身なので、伊東夏子との仲がウワサされています」

「伊東元首相の妹だとしても、大臣、副大臣になったこともないわけでしょう。それが桜会の代表に納まっているのは、何故なんですか?」

「伊東家というのは、明治の元勲《げんくん》の子孫で、今は無くなりましたが、爵位を持っていました。従って、伊東夏子も、さまざまな名誉職についているのです」

「他に、桜会の人間で、地位や権力の持主だとわかった人がいますか?」

「まず、宗教界の代表として、京都楓寺の管長が、入っていました。この僧侶は、宗教研究家としても有名で、京都N大の文化学部教授です。その際の名前は、小早川茂になっています。『禅の文化』とか、『日本の宗教と世界の宗教』といった、英文の本も出しています」

「次は、『卯亜出版』の本堂保子ですか？」

「多分、彼女は桜会では文化の代表なんでしょうね。祖父の本堂剛一郎が、昭和十二年に『卯亜出版』を創業、その時の主張が、『日本のためにならぬ出版は、絶対にしない』でした。その後、三代にわたって、この主張を守っています。またその主張に沿った雑誌『国輝』を昭和十二年から令和三年の現在まで、八四年間出し続けています。一〇〇八冊です」

「他にも、各界の代表者が集まっているわけですね？」

「あと、考えられるのは、マスコミ界の代表でしょうが、まだ、九人の中の誰なのか、わかっていません」

「ところで、桜会の一人、高見恵二が殺されて、私が容疑者になってしまいましたが、捜査はどの程度、進んだんですか？　まだ、私が容疑者の段階ですか？」

　と三杉が、十津川にきいた。

「私たちは、あなたと高見恵二との関係を必死に調べました。あなたがキャンセルした特急列車の座席で、高見恵二が殺されていたというのが、単なる偶然とは思えなかったからです。しかし、いくら調べても、あなたと高見恵二との接点は、見つかりませんでした」

「当り前でしょう。私は、高見恵二という男と会ったこともないし、話したこともないんですよ。多分、犯人は、私が足摺岬に何か執念を持っているらしいから、それも利用してやろうと考えた。そんなところだと思っています」

「私も多分、そうだろうと思うようになっています」

「ところで、高見恵二という男は、何者なんですか。桜会に入っていたんだから、何かの世界のリーダーだったんでしょう」

「経営のコンサルタントと、いわれていました」

「著名ですか？」

「いや。自称コンサルタントです」

「それだけじゃ、とても日本桜会の理事なんかに選ばれないでしょう」

「実は、彼には別の才能があったんです。これには、少し驚きましたが、ああした特別な集団には、そうした才能の人間も必要なのかも知れません。それは占いの才能です。高見自身、自分の家系は、平安時代、朝廷に置かれた陰陽《おんよう》寮《りょう》の陰陽師《おんみょうじ》で、有名な安倍晴明の子孫だと自称していたようです。その真偽は定かではありませんが、彼の祖父も、父も、陰陽道をきわめたといわれています。明治維新で、一応、陰陽道は禁止されましたが、戦争中も、戦後も、日本人というか日本社会は、何かの決断に迫られると、理性に頼らず、神占《しんせん》に頼ったりしてきています。政治家や、実業家も、何かの政策を実行する時、新しい事業を興す時に、自分で決断がつかず、高見の占いを聞きに来た、といわれています」

「そういえば、私の知っている有名な会社の社長さんも、普段は、理知的で、仕事上での神頼みなんか、絶対にしない人ですが、新事業を決断する時は、悩みに悩んだ末、日頃崇拝している神社に行き、神主に占って貰っています」

と、和田がいった。

十津川は、太平洋戦争について書かれた本にあったエピソードを思い出していった。

「ある戦闘で、部隊長が、師団長の攻撃命令を待っていたら、参謀から『天佑神助《てんゆうしんじょ》を信じて、勇猛果敢に突撃せよ』と命令してきたので、困ってしまったそうです。部隊長が知りたかったのは、右翼から攻撃せよ、とか、一斉砲撃のあと前進し、最後は白兵戦に持ち込めといった、戦術的なことなのに、天佑神助頼みでは困ってしまう。それでも、とにかく、突撃したそうですが、日本の軍隊では、こんな神がかりな命令が多かったそうです。戦後も同じことで、そのため、高見恵二のような存在が、尊重されたのだと思います」

「それが、何故、殺されたんでしょうか？」

と、三杉が、きいた。

その事件の容疑者にされたのだから、聞く権利はあるだろう。

「日本桜会の外からの攻撃だとすると、動機はいろいろでしょうが、身内からの攻撃なら、理由は一つしか考えられません。大切な神託を間違えたというか、日本桜会の期待したものとちがう神託というか、占いを出してしまったんだと思います。それが重なると、会にとっては、必要でなくなるというより、邪魔な存在になってくる。何しろ、一〇〇〇人の会員がいますからね。会員に対する影響も大きいので、排除された。そんなことではないかと思います」

「しかし、証拠は無いでしょう」

「ありません。ただ、証拠は出てくるかも知れませんよ」

「どんな証拠ですか？」

「日本桜会のような特異な集団では、どうしても、高見のような、神官が必要です。神の啓示を伝える存在です。その高見がいなくなりました。それに、九人の理事の構成で、伊東夏子が、増えましたが、宏子夫人と高見恵二の二人が消え、一人マイナスになっています。陰陽道では、数というものを非常に大事にします。例えば、七・五・三は、よく知られたお祝いですが、全て奇数です。日本桜会の理事も九人で構成されていましたが、現在、八人で、偶数になっているので、九人に戻そうとするかも知れませんが、その時、新しい会員が陰陽道に詳しい人物だったら、高見恵二を殺したのは、会員の可能性が強くなってきます」

「宏子夫人を殺したのは、どんな人間と考えているんですか？」

と、和田が、きいた。

「わかりません。身内の犯罪なのか、政界の権力争いの結果なのか」

和田は、じっと、十津川を見て、

「十津川さんは、思い切ったことを、ズバズバおっしゃる。日本桜会のことも、遠慮なく批判することに、びっくりしているんです。最近は、官僚が、政府に忖度《そんたく》して、国民に顔を向けず、政府の方ばかり見ていますからね。感心しているんです」

　と、いった。

　十津川が笑った。苦笑だった。

「正直、桜会の殺人事件と知って、震えましたよ。何しろ、元首相夫人が殺されたんだし、桜会は、権力のかたまりみたいな存在ですからね。よろしく頼むと、首相秘書官にいわれたら、どうよろしくなのか考えてしまう。警視総監だって、簡単に地方へ飛ばせる人たちです。私みたいな小者は小指一本で弾《はじ》き飛ばされてしまう。現場にいると、ひしひしとそれを感じるんです。といって、逃げるわけにもいかない。だからやるんです」

「どんな圧力ですか？」

「例えば、今回の事件については、総監が、毎日、首相秘書官に報告しています。首相が、大変関心を持っていると、秘書官に念を押されましたからね。つまり、今回の事件は、『首相案件』ということです」

　と、十津川は、いった。

第六章　重い展開

1

ようやく、友人が帰国した。

三杉は、わざわざ成田まで迎えに行った。それだけ待ちかねていたのだ。

会うなり、三杉がきいた。

「私が嬉《うれ》しがるような知らせは持って来てくれたか？」

「まあ、ゆっくり話すよ」

と、友人は、肩すかしするように自分から、空港内のカフェに、三杉を誘った。

友人がコーヒーを注文する。

なかなか三杉の期待する言葉は出て来ない。

三杉は、小さく溜息《ためいき》をついた。

「何も良い話はなかったんだな」

「万才《ばんざい》を叫ぶような話は見つからなかった。ただ、小さな話は見つかったよ」

と、友人はいう。

「とにかく、その話を聞かせてくれ」

「アメリカ海軍の歴史資料によると、一九四五年五月二十四日（日本時間五月二十五日）夕刻、日本の特攻機一機が、アメリカ海軍の病院船レッド・グロリアに突入し、死傷者が出たとなっている。その数も発表されている」

と、友人は、手帳を見て、いった。

「それは、もう、知ってるんだ。それでおれは、祖父が軍令部の命令通りに、アメリカの病院船に突入したと知って、愕然《がくぜん》としたんだ。心の何処かで、最後に病院船に突っ込むことを止めていてくれたことを期待していたからね。結局それだけか？」

「もう一つ、その後一週間アメリカ海軍からも、国防総省からも、日本国に対して、抗議の声明は出ていないんだ」

「それは日本の特攻は連日行われていたから、いろいろ、日本政府に対して抗議しても仕方がないと思ったんじゃないのか」

「いや、日本の特攻については、非人道的ではあるが、戦闘の一つの形としてアメリカ軍は認めていたからね。それに、アメリカは全て命令ではなく、志願だと思い込んでいた。ただ、特攻であれ、何であれ、病院船を攻撃することは、国際法規で許されてはいない。そこで、各国は、自国の病院船の名称と状態、軍歴などは、国際的に登録しているんだ。アメリカは、そのへんはきちんとしているからね。当然、激しく抗議すべきなのに、なぜか、抗議していないんだ」

「アメリカが、抗議しなかった理由は？」

「アメリカ国防総省および、アメリカ太平洋艦隊司令部に、文書で質問したよ。不審な点についてね。電話での質問は、無視される恐れがあったからね。流石《さすが》にアメリカだ。きちんと文書で回答してきた。おれがアメリカを離れる寸前だ。それが、この文書だ」

友人は、二つに折った文書を、三杉に渡した。

確かに、アメリカ国防総省のマークが入っているから、正式なアメリカ側の回答なのだろうが、内容は短く、そっけないものだった。

「Ｄｅａｒ
　1945・5・24　日本特攻機によるアメリカ海軍の病院船レッド・グロリア号に対する無法な攻撃については船長Ｓ・Ｋ・レデックの公式発表に付け加えることは何もありません」

「これが全てか？」

三杉が、きく。

「それが全てだよ。国とか、軍隊の回答は、そんなものだよ」

「このＳ・Ｋ・レデックという病院船の船長はどういう人物なんだ？」

「一九七二年に亡くなっている。アメリカ海軍では、名門の海軍一家だ。この人も、その父親も、祖父も、三人揃《そろ》って、アメリカの海軍兵学校を首席で卒業し、父親は、第一次世界大戦で、アメリカ大西洋艦隊副司令官として、ドイツ艦隊、特にＵボートとの戦いで勇名を馳《は》せている。祖父も、実戦には参加していないが、海軍兵学校を卒業後、二十世紀のアメリカ海軍の任務についての論文を書き、現在のアメリカ海軍の基礎を作ったといわれている」

「三代目は、アメリカ海軍の病院船の船長か」

「地味だが、ある意味、一番重要な仕事かも知れない。船長のS・K・レデックは、自分から、病院船勤務を志願したといわれている」

「日本側は、病院船攻撃については、なかったことにしているんだろう?」

「そうだ。昭和二十年五月二十五日、『白菊特攻隊』十機は、沖縄沖に集結しているアメリカ第五機動部隊に向い、全機突撃セリと、記録されているだけだ。アメリカの病院船を攻撃したことは認めてないんだ」

「それは明らかに嘘《うそ》だよ。祖父の白菊機が足摺岬上空を単独飛行しているのは、目撃者がいて、はっきりしているんだ」

　と、三杉は、いった。

三杉の願いは、一つである。

　尊敬する祖父三杉中尉が、太平洋戦争を、どう生きたか、を知りたい。祖父の場合、どう死んだかを、明らかにすることでもあった。

　自分の死後、自分が、というより、太平洋戦争が、どう伝えられるかを思って、日記を書いていたと、三杉は考えている。

　しかも、「わからぬ」ということばが、日記の最後になっている。二十三才の若さで終わることが、約束された日記だ。

　その若さで、自分の最後を迷ったまま、特攻出撃した。

　こんな人生は、戦争でもなければ、味わうこともないだろう。

　だから、三杉は、自分の力で、日記の最後を書いてやりたいのだ。しかも、事実を以《もっ》てである。

　三杉は、祖父は嘘は書かなかった、全て事実を書いていると信じている。だから、アメリカの病院船を、特攻出撃せよと、海軍軍令部作戦部長が、ひそかに命令を伝えに来たことも、真実だと思っている。

　だが、当の作戦部長は、その命令について、一言も口にしないまま亡くなった。彼はいったい、何を守ろうとしたのか。

　二〇〇九年、ＮＨＫスペシャル「日本海軍４００時間の証言」という放送があった。

　日本海軍の上層部の生存者が、折にふれて会合を持ち、日本の開戦から終戦までのさまざまな事件について、話し合い、反省した会合の記録をもとに制作した番組である。

　真摯《しんし》に話し合うことをモットーにした「反省会」だったが、最後まで、秘密が明らかにされないこともある。

　三杉は前々から、祖父のケースは、「潜水艦事件」によく似ていると思っていたが、ＮＨＫの特番でも、この事件は取り上げられていた。

　潜水艦事件の場合、三つの潜水艦隊が、海軍軍令部の命令で、商船を撃沈したあと、海に放り出された船員たちを、機関銃で射殺したのだが、祖父のケースと違うのは、それぞれの艦長が生存して終戦を迎え、東京裁判で裁かれたが、祖父の場合は、特攻死していることだった。

　艦長たちは、東京裁判で、軍令部の命令だったこと、更に、命令書が存在することを証言している。

軍令部は、伝言で命令を伝えたかったが、艦長たちは、さすがに、あとで問題になったときのことを考えて、命令書を要求したのである。

命令書が存在する以上、この事件の責任は、軍令部にある。

しかも、その作戦命令書は、アメリカ軍の手に渡っていたので、東京裁判では、この作戦は軍令部の命令で行われたのではないかと、追及された。もし、それが実証されたら、責任は、事件当時の海軍大臣と軍令部総長に及ぶ。更に、日本の軍隊は天皇の軍隊だから、責任が天皇に及びかねない。

裁判で、どんな弁明が行われたのか？　それは「作戦命令書は偽造されたものである」という弁明である。裁判中それで押し通したその人物は、当時の潜水艦隊司令官だった。軍令部の命令で「民間の船舶の撃沈に止《とど》まらず、船舶の要員を徹底的に撃滅するように」書かれた命令書が作られたのである。自分の署名があるにも拘《かかわ》らず、司令官は、偽造で押し通した。

この件について、「日本海軍　４００時間の証言」では、まだ生存していた軍令部の参謀が、ＮＨＫの座談会で、あっさりと「あの作戦命令書は本物ですよ」といっていた。

潜水艦隊司令官は、嘘をつくことでかつての組織を守ろうとしたのである。真実を隠し、旧海軍の歴史を守ったのだ。

おかげで、嶋田軍令部総長兼海軍大臣は、東京裁判で、処刑を免《まぬが》れた。四〇〇時間の証言の中で、「勝者による一方的裁判に、抵抗するのは当然」という元海軍士官もいた。

確かに、その通りだが、ＢＣ級戦犯の中には、軍令部の指示で、捕虜を処刑したのに、軍令部は命令を否定し、ために彼の犯行として処刑された者もいたのである。

2

三杉は、このＮＨＫの記録の中に、必死に、祖父、三杉海軍中尉の名前を探した。

昭和二十年五月二十五日、終戦間際とはいえ、国際法に反して、特攻によってアメリカの病院船を攻撃し、死傷者を出しているのである。

当然、軍令部の命令があったか否かが、議論の対象になる筈だが、何処を探しても、見つからなかった。

祖父の名前は、昭和二十年五月二十五日、白菊特攻隊一〇機の中に出てくるだけである。

アメリカ側が、何故か、抗議しなかった。それで「日本海軍　４００時間の証言」にも、出て来ないのだ。

しかし、もし、東京裁判で問題になったら、間違いなく、軍令部は命令を否定するだろう。

その時には、祖父は、どう扱われるのか。

特攻は、非人道的戦術だが、あくまで、戦闘行為である。

しかし、病院船に突入して、多くの死傷者を出したとなれば、アメリカは、単なる戦闘行為とは見なさないだろう。

祖父の名誉にも関係してくる。しかし、軍令部は命令書を明らかにするとは、とても思えない。祖父自身も死んでいて、自己弁護は出来ないから、汚名だけが、残ってしまうのだ。

ところが、アメリカ側は、七十五年前、この件について、正式に日本側に抗議しなかった。

何故なのか。

何故なのかを、三杉は考え続けた。

理由をいくつか考えてみた。

当時、アメリカは、ドイツを降伏させるために、ドイツの都市への無差別爆撃を繰り返していた。これは明らかに女子供まで殺すのだから、ジュネーブ協定違反である。だから、病院船への攻撃に対して、抗議しなかったのか。

他にも、理由を考えた。

昭和二十年五月二十五日より以前に、アメリカはすでにマンハッタン計画、すなわち原爆の製造計画を立てていた。ドイツは、降伏寸前だから、原爆の使用目標は日本である。使用する日本の都市の選別も行われていたともいわれる。

原爆一発で、一つの都市が消える。もっと具体的に考えれば、一都市の中に、いくつの病院があるのか。二〇や三〇ではきかないだろう。その病院に入っている患者たちも、一人残らず死ぬのである。

その実行を考えて、アメリカ側は、病院船の攻撃に対して、抗議しなかったのではないか。

しかし、いくら考えても納得できる答えは見つからなかった。

それに、「日本桜会」の存在もある。

三杉は、祖父、三杉海軍中尉の日記を、完結させてやりたいのだ。

　祖父は、日記に疑問と悩みを書き続けながら、「終り」の言葉を記さずに、特攻機「白菊」に乗って出撃して行った。

　多分、沖縄に向う間も、迷い続けていたろうと、三杉は思う。

　軍人勅諭によれば、上官の命令は朕《ちん》の命令と心得よ、とある。天皇の命令ということである。

　それに、海軍は、特に上意下達《じょういかたつ》がやかましかったと、三杉は聞いている。

　命令は上から来て、下はそれに従う。しかも、上からの命令には疑問は持ってはならず、その上、可及的速《かきゅうてきすみ》やかに実行しなければならない。

　祖父も上意下達の中に生きていた。

　だから、作戦部長の命令は拒否出来なかった。


　当時の陸軍刑法によれば、（海軍も準ずる）

　　敵ヲ目前ニシテ、命令ヲ拒否スル者ハ死刑
とある。

　この刑法は、戦後、昭和二十七年まで、生きていた。

　昭和二十年五月二十五日は、アメリカ軍の本土上陸が近づいていたから、常に敵が目前にいる状況だった。

　従って、陸軍刑法に照らせば、命令拒否は死刑である。海軍もそれに準ずるのだ。

　日本でも、大正デモクラシーの時代はあった。

　さすがに、大正時代の陸軍法規にも、デモクラシーがあった。

上官ノ命令ニ不審ナ点アレバ説明ヲ求メルベシ。

だったのである。

しかし、昭和に入ると、全ての兵科操典から、この記述は消えた。

上官ノ命令ハ可及的早《スミ》ヤカニ実行スベシ

に代った。いかなる命令に対しても、すみやかに実行すべしなのである。つまり、どんな命令に対しても、疑いを持ってはならぬ、すぐ実行せよということなのだ。

大正時代に、一時だが、命令に不審があれば説明を求めることが出来るという、まともな条項があったのに、完全に消えてしまった。

何故なのだろうか。

絶対的な服従によって、軍隊は強くなると錯覚したのだろうか。

陸軍大学校の優秀な卒業生たち、海軍大学校の優秀な卒業生たちは、絶対的な服従が、強い軍隊を作るものではないことはよくわかっていた筈である。それなのに、何故、こんな組織を作ってしまったのか。

絶対的服従を強要しただけではない。

もっとも三杉が腹が立つのは、自分の旗色が悪くなると、軍隊の中央部が、嘘をつくことだ。

命令したのに、命令していないと嘘をつくのである。潜水艦事件では、東京裁判で作戦命令書でさえ偽造されたものだと主張した。自分の作った命令書をである。

そして、下を犠牲にして、上を助ける。

これは、どんな神経なのか。

戦争中、よくいわれた言葉があったと、三杉は聞いたことがある。

海軍あって国家なし。

陸軍あって国家なし。

である。国家の代わりに国民を入れてもいいだろう。

三杉は、自分なりにこう考える。

海軍についていえば、軍令部を中心とした上層部こそ、海軍なのだ。それに比べて下の将兵は、国民だが海軍ではない。上層部こそ海軍であり、海軍は全てに優先されるべきプロなのだ。

その栄光あるプロ集団を守るためには、国民など犠牲にしても、構わない。

このまま、黙っていたら、三杉海軍中尉は海軍上層部の犠牲になり、無駄に死んだことになってしまう。

祖父の日記は、正しく完結させなければならないのだ。

祖父は、迷い悩んだ末に、アメリカ病院船に突入した。しかし、その前提として、絶対に、軍令部の命令が、必要になる。だから、それを見つけたい。軍令部関係者の証言が欲しい。

上層部の正式な作戦命令書を見つけ出して、祖父の日記に添付して発表する。

祖父の日記に加筆して、「昭和二十年五月二十五日のただ一機の白菊特攻隊」を書き上げ、同時に刊行する。

三杉は、この二冊の自費出版の計画を発表することにした。

刊行元の出版社は、当分、秘密にしておく。

これは「日本桜会」に対する挑戦でもあった。

三杉は各マスコミに発表会見の通知を送った。

3

発表会見は、Tホテルの収容人員二〇〇人の宴会場で行われた。

三杉は、その三日前から、Tホテルに泊まり込んだ。祖父の日記と、彼の原稿と一緒にである。出版に反対する勢力による妨害が怖かったからである。

「日本桜会」から、長文の出版反対の檄文《げきぶん》を、すでに受け取っていた。

「一言忠告する。

自国を愛さず、自国の欠点を無理矢理探し出して、それを書き立てる。喜ぶのは外国だけである。そんな汝《なんじ》のような人間を何と呼ぶか。

『非国民』である。

戦争中なら、『スパイ』である。

非国民は国外追放、スパイは銃殺刑である。

汝は、それだけの罪を犯しているのだ。

汝の罪を並べてみよう。

第一、亡き祖父を愛する余り、戦時中の祖父の日記を妄信し、軍令部を信じないこと。

軍令部が、アメリカ海軍の病院船襲撃を命じたなどという荒唐《こうとう》無稽《むけい》な妄想を抱いて、祖父がそれを実行したと信じて、その妄想を綴《つづ》った祖父の日記と、それを妄信して書かれた原稿を書籍として出版しようとしている。この狂気は、日本の為《ため》にも、中止すること。あくまで、強行するのなら、我々は、如何《いか》なる方法を使ってでも、それを阻止する。日本の為にである。

　第二、汝の祖父は当時、二十三才、海軍中尉のヒヨッ子である。常識で考えても、そんな小者に、わざわざ、海軍の最上層部である作戦部長が、会いに行く筈がないだろう。どう考えても、汝の祖父の妄想である。そんな妄想によって書かれた日記は、直ちに焼却すべきである。

　第三、汝は、日本海軍軍令部が、どんな部署だったか知らぬようなので、教えておこう。軍令部は陸軍参謀本部と同じ位置にあり、海軍省からも独立した機関で、戦争のあらゆる部門、戦略を担当し、そのため天皇に直奏《じきそう》している。天皇に直奏する海軍最高の機関の幹部が海軍中尉如《ごと》きに、直接、命令を下す筈がないことは自明である。何故、汝はそれがわからぬのか。

　第四、汝の祖父は、何故、軍令部の命令で、アメリカ海軍の病院船を特攻するという妄想を抱くに到ったのか。

　それには、昭和二十年五月二十五日頃の戦局を考えてみる必要がある。それについて、海軍の若い参謀は、次のように日記に書いている。

『陸海軍は敗北を重ね、四年間の攻防で、海軍は船艇の殆《ほとん》どを失い、航空機も大量に失い、特にベテランの飛行士を失った。

そのため海軍の将兵、特に若い将官の中には、一兵でも多くの敵兵を殺すことを考える者が多かった』

そうしなければ、この戦争には勝てないと考えていたという、海軍部内の空気を書いているのだ。多分、汝の祖父も、同じ思いを抱いていたに違いない。

それが、病院船を沈めれば、一〇〇〇人、二〇〇〇人の敵兵を殺すことが出来るという妄想を抱くようになったのだと、われわれは考える。

それを、最も恐れていたに違いないのが、当時の軍令部だったのである。

軍令部が、アメリカ病院船の攻撃を命令したのではなく、逆に、若い将兵が、妄想からそれを実行するのを、必死に抑えていたのが、軍令部だった。

汝自身が、狂気に落ちることは止《や》めて、直ちに、祖父の日記と、汝の原稿を、焼却するか、われわれにすみやかに差し出すこと。それこそ、日本人のあるべき、正しい行動である。

もし、出版という間違った行動を、直ちに中止しなければ、われわれは、国家のため日本民族のために、しかるべき行動を取るだろう。

三杉克郎殿

日本桜会有志」

4

十津川は、亀井刑事を連れて、Tホテルに、三杉を訪ねた。

三杉が危険だというウワサを聞いたからである。

三杉と、日本桜会の確執は承知していたが、今度、その三杉が、祖父の三杉海軍中尉の日記と、祖父のことを書いた原稿を自費出版すると、発表したのである。

無名の男が、自費出版すると、わざわざ記者を集めて発表会を開いたのだ。

確かに、前代未聞である。

その上、三杉は、刊行元の出版社の名前は、明らかにしていなかった。

それでも、五〇名ほどの記者たちが集まった。

実際に集まったのは、一〇〇名近かったが、その多くが、ニセの記者だった。

それでも、三杉は、その全員を構わずに、会場に入れた。どのくらいの人間が、反対しているかも知っておきたかったからだろう。

三杉は、多分、日本桜会の息のかかった人間が押しかけて来て、進行の邪魔をするのではないかと思ったのだが、それらしい連中は見当らなかった。

その代りに、記者会見の翌日に、脅迫めいた手紙が届いたのである。

十津川がTホテルに三杉を訪ねたのは、近頃、日本桜会の会員の間で、「愛国競争」なるものが、流行《はや》っているというウワサを耳にしたからでもあった。

十津川が調べたところでは、日本桜会は、毎月「非愛国的な」書物、映画、音楽など、一〇件を決めて、一〇〇〇人の会員に知らせている。

日本桜会が、命令するわけではないが、一〇〇〇人の会員たちは、「殺人以外」の方法で一〇件の案件を中止させることを競っているというのである。

例えば、今回の三杉による祖父の日記と、原稿の二作品の出版に対して、日本桜会は次のような指示を会員たちに与えているという。

一番　日記と原稿を取り上げ焼却する。
二番　本人に永久に出版中止を誓わせる。
三番　本人に一時的に出版中止を誓わせる。
四番　出版社を見つけ出し、出版を中止させる。

これが、番号順に会員の功績になるのだという。

しかし、日本桜会によって、命令、あるいは指示された具体的な形跡はない。

毎月、「非愛国的」な一〇の案件がのった会報が、一〇〇〇人の会員に配布されている。

会員の中には、はね返りがいて、要注意だが、団体の中で、本当に怖いのは、考え込む人間だという。

会報は、会員にしか配布されないといっているが、何故か、会員数以上に刷っていた。明らかに、会報の主張が洩《も》れるのを狙《ねら》っているのだ。

脅しである。

強い言葉は、内々の話で、強制する気はない、といいながら、わざと洩らして、脅しをかけているのだ。

何しろ、日本桜会の理事長は、元首相の妹で、政界に力を持ち、他の理事たちは、それぞれ、出版界、宗教界などの大物である。

いやでも、脅しが利《き》くのだ。

三杉は、そのことに反撥《はんぱつ》し、十津川は、その三杉を心配して、ホテルに訪ねて行ったのである。

十津川は、亀井に、Tホテルの状況を調べさせ、その間に、三杉と、最上階のバーで会った。

小さなバーで、たった一人のバーテンダーは、外国生活が長かったという七十三才の男で、口数が少く、三杉は、黙って飲んでいても、落ち着くというのである。

十津川は、酒に弱いので、ビールをゆっくり飲みながら、三杉の話を聞いた。

「まず、祖父に当る海軍中尉の日記と、日記を元にして、当時の日本を書いた原稿を、自費出版したいという理由を、話してくれませんか」

と、十津川は、いった。

だいたいの話は聞いていたが、本人から聞きたかったのだ。

「祖父の日記を発見したのは、中学三年生の頃です。祖父が、昭和二十年五月二十五日に、海軍の練習機『白菊』で、沖縄沖に集まっていたアメリカ艦隊に突入して戦死したと聞いていました。しかし、祖父の日記が見つかり、それを読んで、ショックを受けました」

「アメリカ海軍の病院船を狙って、特攻せよという命令を受けていたからですね」

「それで、祖父が、どんなに苦しんでいたかを知りました。そこで、私は、海軍の軍令部とは、どんな組織なのかを調べ、似たような事件として、潜水艦事件があったこと、それが、東京裁判で、取り上げられ、海軍は、組織と幹部たちを守るために、軍令部の命令は、なかったことにしてしまっていたことも、知りました」

「今回の病院船事件も、日記では、軍令部の命令だったのに、軍令部長が、沈黙を守ったまま死んで、真実は隠されてしまった。孫として、あなたは、この事件に、決着をつけようとしているわけですね」

「そうです」

「しかし、ためらいもあったんじゃありませんか。祖父の海軍中尉は、悩んだ末、病院船に突入し、多くの死傷者を出した。決して、誉められたことじゃない。それを明らかにするのだから、悩まれたと思いますよ」

「もちろん、止めようと思いました。祖父にとっては、非人道的な行為であり、日本人にとっても、大きな汚点です。無かったことにしてしまうのが一番いいとも思いました。しかし、歴史の中で、現実にあった事件であり、それが、おぞましくあればあるほど、それを認めるべきだと、私は、思うようになったのです。さもなければ、また同じことが行われる恐れがあると思ったんです。祖父の汚点、我が家の不名誉、そして我が国の恥辱でもありますが、そうであればあるほど、私は祖父の日記を出版しなければいけないと思っているのです」

「例の日本桜会に脅かされているそうですね」

と、十津川はいい、三杉は、日本桜会の手紙を見せた。

十津川はそれに眼《め》を通したあと、

「警察から、日本桜会に注意しておきましょうか？」

と、いった。

「それは止めて下さい。向うも、主義主張があり、国のためを思って行動していますから、警察が注意しても、逆に彼等《かれら》の気持を硬化させるだけです」

と、三杉は、いったあと、

「それより、一連の事件の犯人は、見つかりませんか」

と、きいた。

「犯人はわかっています」

十津川が、あっさりいったので、三杉は、びっくりした顔で、

「本当に、犯人は、わかっているんですか？」

「わかっています」

「それでは、何故、犯人を逮捕しないんですか？」

「日本桜会は、個人の集まりではありますが、一匹の動物のようなものだと、わかってきました。戦争中に結成されています。エリート集団で、戦争に勝つために、国家のためにつくす。反対するものは、叩《たた》き潰す。国は、この集団を歓迎しました。国は、この集団を援助し、権限を与えました。だから、この巨大な集団は、腐敗したのです」

「大変、簡単な説明ですね」

と、三杉は笑った。

「巨大な権限を持ち、使命感を持つ集団は必ず、腐敗するんです。そして、腐敗した部分を切り捨てて、生き長らえるんです」

「つまり、日本桜会で、相次いで二人の権力者というか、実力者が殺されたのは、権力争いというより、腐敗した箇所が、取り除かれたということなんですか？　自分たちの意志で」

「高見恵二と、元首相夫人の伊東宏子が、相次いで殺されました。われわれ警察は、てっきり権力闘争だと思ったのです。九人の理事で構成されていて、モットーは、愛国。自分たちには、日本国家を守る崇高な目的がある。だが、九人の理事の中でも、権力を強め、日本桜会を支配しようとする野心を持つ者が出てきた。高見恵二、宏子夫人。だから、他の理事たちによって、取り除かれたと、考えたのです。ところが、この二人の力が、日本桜会の中で異常に強くなり、日本桜会を支配しようとした様子は見られないのです。むしろ、高見恵二についていえば、他の理事たちに相談せず、日本桜会の力を利用して、財界、政界などから、ワイロを受け取っていたことがわかりました。宏子夫人も、同様です。ただ彼女の場合は、伊東夏子との権力争いもあったようです。とにかく、日本桜会は生まれたときから、権力が大きく、各理事が、日本を背負うのは、自分だという意識があった。この自惚《うぬぼ》れが腐敗を生むのです。自己批判の機能が欠けているので、必ず、腐敗する。だから、その部分を剔出《てきしゅつ》しないと、日本桜会という組織全体が死ぬのです。組織を守るために、殺しが行われてきたのです」

と、十津川はいう。

「そうすると、私は、日本桜会にとって、内なる腐敗ではなくて、組織の外側に出来たオデキのようなものですか」

「だから、より簡単に剔出できるのですよ。ぜひ、用心して下さい」

と、十津川は、いった。

「私に連絡が取れなかったり、心配なことがあったら彼に電話して下さい。いま一番信頼できるのは、彼ですから」

そういうと三杉は、バーテンダーを十津川に紹介した。

そのバーテンダーの名前は、秋山要《あきやまかなめ》だった。

「私の叔父《おじ》も、特攻で死んでいます」

と、秋山は、いった。

「だから、三杉さんの気持はよくわかります」

5

三杉は、今年中に自費出版するつもりだと、十津川にいった。

もちろん、日本桜会は、大反対で、今のところ脅迫状を送りつけては来るが、実力行使の気配はない。

十津川は、日本桜会がらみの二つの殺人事件の解明に全力を上げることが、彼等を牽制《けんせい》することだと考えた。

十津川は九人の中にいる加茂陽道《かもようどう》という小柄

な男に注目した。

　哲学者ということだが、調べてみると、古い陰陽道《おんみょうどう》の宗家の子孫だということがわかった。

　陰陽道は、平安時代中期に隆盛した、中国伝来の天文、病気治療の当時の最高の科学である。いわば、その道のプロが、朝廷に仕えて天文を占い、政治、経済、農業の指導に当たった。

　安倍晴明が有名だが、当時は、安倍家、加茂家の二家が有名で、朝廷の陰陽のことは、この両家が務めたといわれる。

　昭和十二年に、日本桜会が創立されたが、この創業の時、加茂陽道の祖父が参加した。

　当時の新聞に、祖父、加茂陽乗《ようじょう》は、

「神技を自由に使い、全てにおいて誤《あやま》たず」

　と、書かれている。

　陽乗は、宇宙は、数に支配されていると言い、偶数は、不幸をもたらし、奇数は幸いをもたらすと、語っていた。

　太平洋戦争の緒戦、海軍は、ハワイの真珠湾《しんじゅわん》を攻撃することを考えていたが、何日に攻撃したら成功するかがわからない。迷った末に、加茂陽乗に、聞きに来たという。陽乗は陰陽道で占って、
　十二月八日は、偶数なので凶。

　しかし、アメリカ時間は十二月七日になるので、真珠湾では吉。

　これは日本軍にとって見れば、必ず成功する。

　この占いの通り、ハワイ攻撃は成功し、加茂

陽乗は、日本の軍部、特に海軍から強い信頼を受けるようになった。

戦後、「日本桜会」が、再開された時、陽乗の孫、加茂陽道が参加することになった。

現在、この男が日本桜会で、どんな立場になるのか、十津川は調べることにした。

日本桜会としての意志決定に、理事の一人、加茂陽道がどう参加しているのか、十津川は、それを知りたかったのだ。

日本桜会は、「愛国」を中心に置いてさまざまな活動をしている。

中でも十津川が関心があるのは、二つの殺人事件と、三杉克郎の扱いである。

三杉が、祖父の日記と、彼が書いた原稿の二冊を自費出版するのを、日本桜会は絶対に許さないといっている。

問題は、いつ、行動に出るのか。どんな方法をとるつもりなのか。行動に出るのを決めるのは、理事長の伊東夏子なのか、それとも、陰陽道の加茂陽道なのか。

もし、加茂陽道なら、何日と決めているのか。

加茂陽道の家というより、加茂神社は、京都の北区にある。

「陰陽道により、あなたの人生を占います」

という看板が出ていて、受験生や企業から人気があるといわれているが、その加茂陽道が、京都を留守にして、湘南《しょうなん》に来ていることがわかった。

ひょっとすると、三杉の処置を決めようとしているのではないかと、十津川は不安になった。

三杉と同じTホテルに、刑事を泊めることを考えている時、心配していた事件が起きた。

ホテルの火災である。

十津川は、深夜、同ホテルに部下の刑事と駆けつけた。

火事そのものは一時間あまりで鎮火したが、三杉克郎が、行方不明になってしまったのだ。

当夜の泊まり客の中で、行方不明になったのは、三杉だけだった。

三杉を狙った放火と考えざるを得なかった。

(明らかに、私のミス)

と、思った。更に日本桜会のマークしていた会員たちも、消息がつかめなくなってしまった。日本桜会に電話しても、誰も出ない。

明らかに、日本桜会の会員たちが、三杉を誘拐して、姿を消したのだ。

あるいは、逆に、三杉を誘拐するために、姿を消したのか？

三杉が泊まっていたTホテルのシングル・ルームを調べると、彼が大事にしていた祖父の日記と、三杉の原稿も消えていた。

その二つを持って、逃げたとは思えなかった。彼のスマホにいくらかけても、誰も出ないからである。第一、つながらない。

十津川は、誘拐者は日本桜会の会員たちと断定した。が、わからないこともあった。

殺すつもりなら、何故、誘拐したのかが、わからないのだ。最初から殺すつもりなら、Tホテルの火事の間に、いくらでも殺すチャンスはあったろう。

どこかに監禁して、全員で、三杉を説得して、出版を諦めさせる気なのか。

これも、考えにくい。三杉の気持は、ちょっとやそっとでは、変えることは、出来そうもなかったからである。

唯一、考えられるのは、日本桜会が、三杉に、譲歩を迫るための誘拐である。

三杉の気持は、ゆるぎそうもない。

そこで、出版は認めるが、例えば、祖父の日記には、軍令部の命令とあっても、

「事実かどうかわからないので、本人に会って確かめようとしたが、作戦部長はすでに死亡していて、真偽は不明である」

と、いった断り書きを入れることを、三杉に同意させる。

そうした条件をつけることを納得させるための誘拐ではないのだろうか。

とにかく、日本桜会は、会員一〇〇〇人を誇り、日本全国に散らばっている。その中の一人の所に、監禁されてしまっていたら、まず、見つけ出すのは不可能だろう。

十津川は、三杉を見つけ出すことに、絶望を感じた。

6

あの瞬間。シングル・ルームの火災報知器が鳴った瞬間、三杉は、ベッドからはね起きた。

万一、逃げる時に備えて、ずっとホテルのパジャマに着がえて寝てはいなかった。枕元には、小さなリュックに、祖父の日記と、自ら書いた原稿四二五枚が、入っている。

それを背負い、靴を引っかけて、廊下に飛び出すと、突当りの非常口に向って走った。

重い扉を押し開けて、非常階段を下り始めた時に、三杉は不審に気付いた。

あわてて走っているのは自分だけだということをである。

火災報知器も鳴っていない。報知器が鳴ったのは、三杉の部屋の中だけなのだ。

彼が部屋をあけている時、何者かが、あの部屋の何処かに時限装置つきの発火装置を仕掛けておいたのだ。

（失敗《しくじ》った）

と、思いながらも、非常階段を一階まで、駆け下りた。

ここから一階のロビーに入れば、深夜でも、ホテルマンはいる。安全は、確保される。

そう考えて、ロビーに通じるドアを開ける。とたんに、正面から濃い霧状のものが、吹きかけられた。

眼に激痛が走る。

悲鳴を上げかけたとたんに、殴りつけられ、その場に、しゃがみ込んだ。何かを頭からかぶせられ、箱のような物の中に押し込められたところで、気を失ってしまった。

気がついた時、椅子に座らされていた。身体《からだ》を縛りつけられているので、身動きが取れない。

目隠しをされているので、何も見えない。

人の気配が感じられるのだが、何人いるのか、どんな場所なのかもわからなかった。

急に、周囲が静かになった。

「今から愛国法廷を開廷する」

と、男の声がいった。

「被告人は、三杉克郎四十二才である。

この際、われわれは声明する。われわれは、言論の自由、宗教の自由、いかなる政府を選ぶかの自由を尊重する。但《ただ》し、わが祖国日本を愛する限りにおいてである。

われわれの信条は、ただ一つ、『国あって、われあり』である。言い方を変えれば、『国なくて、何ぞ、われありや』である。

しかるに、この疑いのない大原則を無視する非国民がいることに、われわれは、眼を疑ってしまうのだ。

その代表が、そこにいる三杉克郎である。

われわれが、再三にわたって、その非愛国的行動について、批判し、訂正するように忠告したにも拘らず、頑《がん》として改めようとしない。

このまま、鉄槌《てっつい》を下してもいいのだが、彼も、われわれと同じ日本人である。最後に言い分があれば、聞いてやろうと恩情を与えることにした。

そこで、これから、われわれが、質問をすることに、真心を持って答えよ。その答え方によっては、更に汝を見守ることにする。

これから、会員たちが、次々に質問を下す。

（間）

「第一問、汝が持っている祖父、三杉海軍中尉の日記なるものは、本物なのか？」

「間違いなく本物だ。祖父の字である」

「その中に、昭和二十年五月、海軍軍令部から軍令部長が、わざわざ会いに来て、五月二十五日にアメリカ海軍の病院船レッド・グロリア号二八〇〇〇トンに特攻出撃せよとの命令を受けたと書いているが、何故、そんなことを書いたのか、何故、それを信じたのか？」

「私の知っている祖父は、日記に嘘を書くような人間ではない。特に病院船を襲撃せよという問題のある命令について、嘘を書くことは、あり得ない」

「しかし、汝が生まれた時は、祖父はすでに特攻で死亡している筈だ。何故、一度も会ったことのない、話したこともない祖父の言動を信じられるのか？」

「祖父のことは、父から詳しく聞いているし、祖父の生きた時代のことを考えれば、死が眼の前に待ち受けていた筈である。そんな時に、嘘をつく必要もないし、一人の特攻隊員でしかない祖父が、軍令部長のことで、嘘をつく筈もない」

「汝が、祖父の日記を発見したのは、何時《いつ》か正直にいい給《たま》え」

「平成五年十二月三十一日。この日に実家の天井裏から、発見した」

「この時、作戦部長は、すでに死亡していた。この事実は認めるか？」

「認める。私は、祖父の日記に書かれていたことの真偽を確かめようとして、作戦部長に会おうと考えたが、すでに死亡していると知って、がっかりしたことを覚えている」

「会ってもいないのに、日記の言葉を信用するのは、どういうことか？　大事なことなのに、何故、作戦部長の命令だ、という言葉を信じるといえるのか？」

「日本海軍には、潜水艦事件という事件があった。昭和十八年、軍令部から潜水艦船隊三小隊に、連合国の民間客船を撃沈したあと、船員を射殺せよという命令が出され、それが実行された。結果、八〇〇人余りの民間人が殺され、東京裁判で、その犯罪性が究明された。潜水艦隊司令官は、命令書が実在するので、上からの命令だったと弁明したが、軍令部総長（嶋田海相が兼務）を守ろうとした上層部が、その命令書を偽造されたものと強弁して、事件をあやふやなものとした。ところが、戦後三〇年も経って、軍令部参謀だった人物が、あの命令書はホンモノだった、偽書だというとき脂汗が出たと告白している。この事実一つとっても、祖父に対する作戦部長の命令は、あったとしか、考えられない」

「他に、ホンモノと考える理由があるのか？」

「日記の中で、祖父は、悩み、苦しんでいる。当然である。国際条約で、禁じられている病院船攻撃を命じられたからだ。更にいえば、祖父は、決心がつかぬままに、昭和二十年五月二十五日に、特攻機『白菊』で、出撃しているのだ。作戦部長の命令が無ければ、あれほど悩むことはない。特攻そのものの決心は、ついていたのだから」

「次の質問に移る。汝は、祖父の日記を出版することで、日本の評判は、良くなると思っているのか。それとも、評判は落ちると思っているのか、正直に答えて貰《もら》いたい。このまま、汝が沈黙を守っている場合と、どう違うか、正直に答えて貰いたい」

「正直に答える。このまま、私が沈黙していれば、日本の病院船攻撃は、一人の特攻隊員の乱心によって行われたもので、日本国家の凶行ではないことになるだろう」

「祖父の日記が発表された場合は？」

「日本の国家犯罪にならないまでも、日本海軍上層部の犯罪になる。少くとも嶋田軍令部総長兼海軍大臣の命令だということになる」

「汝は、愛国者か？」

「日本桜会と反対の意味での愛国者だ」

「その愛国者が、言葉をもてあそび、日本国を犯罪国家にするつもりか？」

「偽善国家にはしたくないのだ。他に私心はない」

「小川英明六十才を知っているか？」

「いや、知らぬ」

「汝と同じ愚か者で、とにかく、事実を伝えれば立派なのだと錯覚し、われわれの忠告にも拘らず、日本人の恥を書いて、発表すると、息まいていた。日本人の誰が、そんなものを読みたがるか。単なる自虐ではないか。そういって、日本人の自覚を持てと、連日説得してきたことがようやく実を結んで、愛国に目覚めて、詰らぬ非愛国的野心も捨ててくれた。今、覚醒した小川英明が、汝に語りかけてくる。それを聞き給え」

　声と共に、目隠しをはずされた三杉の眼の前に、巨大なＴＶ画面が現れた。

　六十才の小柄な小川英明が、画面に出現する。

　少し、はにかんだ顔で、

「三杉克郎君」

　と、話しかけてきた。

「私も、君と同じように、戦争末期に釜石で起きた『真実』を知らせようと、夢中になっていた。真実！　真実！　真実！　甘美な言葉だ。誰も、この言葉に勝てるものはいない。だから、私は、真実を求めて動き廻《まわ》った。日本桜会の忠告など、ハナから無視した。

　真実に敵《かな》うものは、何もないからだ。だが、私は大事なことを忘れていた。真実ほど、他人《ひと》を傷つけるものはないことをだよ。

　他人《ひと》だけじゃない。国家も、社会も、家庭も、個人も、真実は、容赦なく、傷つけ、破壊する。

　そして、真実を追及することで、明らかに現実社会と、何人かの個人を傷つけるのがわかって、私は真実追及を止めた。君も、真実の怖さを知って、全ての行動を、中止するのだ」

「どうだね？」

　と、別の声がきいた。

「私は、誰が何といおうと、祖父の日記と、自分の書いた原稿を自費出版することを、止める気はない」

「多くの個人と国家の名誉が、ズタズタになっても構わないのか？」

「長い目で見れば、真実の方が大切だとわかってくる。もう余計な邪魔はするな。私を殺したければ、殺せ！」

「その前に、テレビ放送を見て貰う」

「無駄なことはよせ！」

「これから、アメリカのメリーランド州の１００６チャンネルのＴＶ放送が送られてくる」

「それは、いったい何だ？」

「呆れたものだ。特攻機の、アメリカ海軍の病院船レッド・グロリア号に対する攻撃を問題にしながら、何も知らないのか。病院船レッド・グロリア号の船長Ｓ・Ｋ・レデックは、メリーランド州にあるアメリカ海軍兵学校の元校長だった。その息子レデック・ジュニアは父のあとを継いで、海軍兵学校の校長をやっていたが、今日、校長を辞める。退任するに当って、尊敬する父のことを話すことにしている。当然、昭和二十年五月二十四日（アメリカ時間）の特攻機の襲撃についても触れるだろう。だから、汝にも、その退任の辞を、聞かせてやるのだ」

第七章　ワレ至上ノ死ニ敬礼

1

画面は、最初ざらついていたが、すぐ、きれいになった。

音は聞こえて来ない。

音声が上手《うま》く入らないのかと思われたが、そうではなくて、全体が、何故《なぜ》か、静かに始まったことがわかった。

海軍兵学校の校舎が広がり、正装した生徒たちが、整列している。カメラが、ゆっくりと彼等の顔をなめていく。

どの顔も、若く、緊張している。

海軍兵学校の校長を長くやっていたＳ・Ｋ・レデック・ジュニアが、本日五月二十四日、任期を一年三ヵ月余して、突然辞任し、その正式な退任式が、行われるというアナウンスで始まった。

このアナウンスが、やたらに長い。

「なお、校長の父は、太平洋戦争中、アメリカ海軍の病院船レッド・グロリア号の船長として活躍され、戦後、母校アメリカ海軍兵学校の校長を務め、戦後の海軍に尽力された。

病院船レッド・グロリアといえば、何といっても、終戦直前一九四五年五月二十四日、沖縄戦の負傷者二〇〇〇人を乗せて、ハワイのホノルルに向って沖縄本島の「なは」港を出港した直後、日本海軍の特攻機の体当り攻撃を受けて、多くの死傷者を出した悲劇で知られている。国際法によって、病院船に対する攻撃は禁じられていて、各国の病院船は、登録され、船体は純白に塗られ、赤い赤十字のマークがつけられていた」

その病院船「レッド・グロリア二八〇〇〇トン」の写真が、テレビ画面に挿入される。

そして、今日の主人公S・K・レデック・ジュニアの父親であり、七十五年前の悲劇の主人公のレデック中将の写真。

二〇〇〇人の負傷兵（患者）を乗せて「なは」港を出港する病院船レッド・グロリア。

護衛は、駆逐艦《くちくかん》一隻だけ。

安心しきった患者の中には、甲板《こうはん》の車椅子《くるまいす》から「なは」の町に手を振る者もいる。

その平和な光景に、ナレーションが、かぶる。

「この直後、正確には、五月二十四日、午後六時二四分（一八〇五）突然、日本海軍の特攻機の攻撃を受けたのです。

これは明らかに、国際法違反であります。特攻機は一機。五〇〇キロから八〇〇キロの爆弾を積んでいる筈《はず》でした。突然、現れた特攻機を避けようがありません。

病院船レッド・グロリアの左舷《さげん》二階病室部分

では、突入、爆発、炎上が起きました。

　幸い、船長レデック海軍中将の冷静沈着な指示と、操舵係の必死な働きによって、被害は最小限度に抑えることが出来ましたが、それでも多くの尊いアメリカ将兵の命が奪われたのです。

　この時亡くなった将兵の遺族会『レッド・グロリア遺族会』が作られ、今も続いています。そこからも、今回、何人かお見えになっています。本日レデック・ジュニアは、この悲しむべき事件についても言及される筈です。

　では、本日の主人公レデック・ジュニアをご紹介します」

　その言葉に促されるように、レデック・ジュニアが壇上にあがった。いかにもアメリカ人らしい、背の高い男である。二メートル近いだろう。

　海軍兵学校校長の正装をしていた。

　誰もが校長生活を全う出来ないことに対する謝意を述べると思ったに違いない。

　だが、彼の口から出た言葉は違っていた。

「今日、私が皆さんに伝えたいのはただ一つ、『真実』です」

と、いったのである。

2

　まだ、TV画面に、驚きは現れない。真実という言葉の強さ、弱さ、もろさに気付かず、特攻機と戦った英雄譚《えいゆうたん》が、また話されるものと、誰もが思っているのだ。

「私の父は、戦後、この海軍兵学校の校長に迎えられ、その十年後の五月二十四日に亡くなりました。

この歴史ある海軍兵学校の学校葬として葬られました。第二次大戦の太平洋戦争を勝利に導いた英雄の一人の死と報じられました。しかし、これは真実ではありません。

父は、自殺したのです。悩んだ末の自殺。それを、私は、今まで隠してきました。これが、今日、皆さんにお話ししたい第一の真実です」

間違いなく、レデック・ジュニアの口にした「真実」が、TV画面に、小さなさざ波を起こした。カメラがそれを捉えている。

参列者の何人かが、顔を見合わせている。当惑の表情。

生徒たちは、訓練されているので、全く姿勢を崩さない。微動だにしない。

だが、正面を向いた視線は、一瞬、壇上の元校長に注がれた。若い瞳が示した戸惑い。

レデック・ジュニアが続ける。

「父の遺体の横に、遺書がありました。『わが遺書』と題がありました。従って、父はいつか発表されるのを望んでいたのだと思います。また汚れていたので、父が何度も読み返したものと思います。結果的に、父は発表せずに、亡くなりました。私も、発表しようかどうか、今まで何度も、悩み続けてきました。そして、やっと発表すべきだと決心したのです。親子二代にわたって悩みながら、発表しなかったことは、罪ではないか。真実を隠すことになるのではないかと思い続けました。今日は父が自殺した五月二十四日に当ります。また、沖縄で病院船の悲劇があった日でもあります。真実を発表するには、もっとも、ふさわしい日だと考え、これから、父の遺書を、この場で読ませて頂きたい。ここには、一九四五年五月二十四日の真実が書かれています。皆さんの耳には、或《ある》いは、不快にひびくかも知れない。栄光あるアメリカ海軍の歴史に傷がつくと非難される恐れもあります。しかし、これから読む父の遺書には、真実があるのです。そのことを考えながら、まず、聞いて下さい。そのあと、私の考えを話します」

そしてレデック・ジュニアは、父親の遺書をゆっくりと読み始めた。

「これから記すことは、真実であり、何の粉飾もないことを誓う。

一九四五年五月二十五日（日本時間）

午前五時五十分（〇五五〇）起床。

窓の外は、快晴。何の不安もなかった。

沖縄戦は、すでに事実上終結し、日本軍の抵抗もなくなってきた。

第五艦隊は、沖縄沖に集結し、日本本土に対する空爆を準備していた。

午前六時（〇六〇〇）私の病院船レッド・グロリアは、二〇〇〇人の傷病者を乗せて、『なは』港を出港した。

ヒットラードイツはすでに降伏し、日本もまもなく白旗をあげるだろうということで、患者たちも明るかった。中には、ハワイのホノルル病院の入院中に戦争が終ってしまうのではないかと心配する者までいた。

患者の中には、持参したトランペットを、甲板に出て吹いている者もいた。曲は『愛する君へ』。平和だ。

護衛は、駆逐艦一隻だけであるが、私は、全く心配していなかった。

国際条約で、病院船への攻撃は、禁止されていたし、われらのレッド・グロリア号は、太平洋を単独、非武装で、何回も航行していたからである。その間、一度も攻撃されていない。

ところが、午前六時五分（〇六〇五）突然、追尾してくる日本の特攻機を発見した。

日本名は『白菊』と知っていた。日本海軍の練習機だが、沖縄戦の後半に、この優雅な練習機数百機が、五〇〇キロの爆弾を搭載して、特攻機として襲来したのだ。

多くのアメリカ艦船が、犠牲になった。

その『白菊』が、突然、飛来したのだ。

われわれのレッド・グロリアが、標的になっていることは、間違いなかった。

ヒットラードイツと、日本が、ここに来て、民間船を攻撃し、民間人を殺していることは、知らされていた。

今度は、病院船も狙《ねら》うのかと、恐怖に襲われた。無防備で、二〇〇〇人の患者を乗せたわれらの船は体当りされたら、ひとたまりもない。

私は、直ちに速力を上げるように命令したが、病院船は、任務上、高速は出ない。

特攻機は迫ってくる。

私は、最後の手段で、左急旋回を命じた。

船体が、傾く。恐怖と絶望。

間に合わず、特攻機は、われらの船の二階部分に突入した。

猛烈な衝撃。

続いて、爆発し、炎が噴き上がった。

私は、必死に、停船命令を出し、船内の救命班に直ちに出動を命じた。

幸運だったのは、特攻機が一機だけだったことである。続けて、何機もの特攻機の体当りを受けていたら、間違いなく、われらの船は、撃沈され、二〇〇〇人の傷病兵士は、全員、死亡していたろう。

護衛の駆逐艦からも、救護班が、乗り込んできた。

『なは』港を出て間もなかったので、『なは』の陸上本部に、ＳＯＳして、救護班を送って貰《もら》うことにした。

それでも、一〇〇人を超す死者が出てしまった。

われらのレッド・グロリア号は、しばらく航行したものの、機関部に故障が発生し、曳航《えいこう》されて、『なは』港に戻ることになった。

入港したあと、改めて調べてみると、特攻機の突入部分の損傷が激しく、数ヵ月の修理を要することがわかった。

そのため、重病者は、空軍の輸送機で、ハワイのホノルルに運ばれることになった。

船長の私は、国際法違反の攻撃を受けたということで、その説明のために、ハワイの太平洋艦隊本部に呼ばれた。

これは、病院船に対する特攻機による体当り攻撃であり、国際法上、許されざるものである。日本帝国と、大元帥の天皇に、抗議すべきものであると、私は主張した。

この抗議は、何故か保留された。太平洋戦争終結後、改めて私は調べた。

一九四五年五月の当時、ヒットラードイツと、日本はすでに、潜水艦による民間の商船を攻撃し、海に投げ出された船員を機関銃で射殺していた。

ドイツは降伏寸前、日本は連戦連敗で、自暴《じぼう》自棄《じき》になっており、とにかく、アメリカ兵を殺せばいい、その手段は選ばないという心情になっているというのである。

一人でも多くのアメリカ兵を殺せば勝ちだという妄想に取りつかれているという。

一方、アメリカは、太平洋戦争の当初から、日本軍の有線、無線を傍受していた。その報告にも私は、興味を持った。

それによると、一九四四年に入ると、日本軍の交信内容は、ほとんど特攻に関することで、一九四五年に入ると、中央の海軍軍令部に対して、前線の若い将校からの要求が、激しいものになってきたというのだ。

特攻は、最初ほど効果的ではなくなった。アメリカ側の防衛が厳しくなって、体当りがむずかしくなった。

このままでは、特攻はゼロになる。どうすればいいか。方法は一つである。全ての枷《かせ》を取りのぞくのだ。ヒューマニズムや人命尊重は白人のタワゴトだ。戦争では、沢山殺すのが正義であり、愛国なのだ。そう考えれば、今、一番効果的な戦術は、病院船を沈めることである。病院船の撃沈に特攻を使え。第一、今、敵が油断しているから簡単だ。第二に、アメリカ兵に恐怖心を与えられる。第三に敵を混乱させられる。軍令部に要請する。今すぐ、敵病院船の特攻攻撃を許可されたし。こんな電信が、日本の海軍軍令部と、戦線の実行部隊との間に、行き交っていることがわかったというのだ。

私は、確信した。

日本の海軍軍令部は、前線の特攻隊員に、ひそかに、われらの病院船レッド・グロリアを特攻せよと、命令を出したに違いない。そこで、私は改めて、本件について、日本政府に対して、抗議して欲しいと、要請した。

だが、再び却下された。その上、今回、次の連絡があり、私を狼狽《ろうばい》させた。

『今回の事件の報告書に関して、護衛駆逐艦の副艦長から、異議申立てが出ている』

私は、すぐ出頭し、部下や駆逐艦の副艦長から出ている書類を預かって、調べることにした。

3

駆逐艦の副艦長からの異議申立書。

『私は、最初、病院船レッド・グロリア船長S・K・レデックの報告書を、全く疑わなかった。

あの時、現場の海域にいたのは、

病院船レッド・グロリア

護衛駆逐艦

日本の特攻機「白菊」

の三つだけである。

その状況で病院船が、攻撃されたのである。日本の特攻機による攻撃以外に、考えようがない。

ところが、ここに来て、私は、奇妙な写真を手に入れた。

駆逐艦の乗組員の一人が、事故の時に撮った写真である。前方の海面に突入しようとしている特攻機「白菊」の写真だった。

私には、魔法のような写真だった。

日本の特攻機は、病院船レッド・グロリアに体当りした。その瞬間、「白菊」の機体は、粉々になった筈である。時速二〇〇キロ近いスピードで、体当りしているのだ。

だがそのあと、五、六メートル前方の海面に、突っ込んでいるのである。

しかし、あの時刻に、特攻機は一機しか現場を飛んでいない。

私は、特攻機の写真を撮った乗組員に、話を聞いた。

「私も、もちろん日本の特攻機一機が、病院船レッド・グロリアに体当りしたと思いました。だから、証拠写真として、前方に向ってカメラのシャッターを切ったのです。それに、前方海面にゆっくり突っ込んでいく日本の特攻機が写っていて、びっくりしました」

　この写真が、問題になったのである。

　前方の海面に、翼を朝日にきらめかせて、沈んでいく特攻機。

　黄色い機体は、間違いなく、駆逐艦の副艦長である私があの時目撃した日本名「白菊」である。

　しかし、そうなると特攻機「白菊」の病院船レッド・グロリアに対する突入は、どうなるのか？』

　駆逐艦副艦長の異議申立書は以上だった。

　私は、少しずつ、追い詰められていった。読んでいる途中から、私は、気がついていたのだ。自分のミスに。

○六二四（午前六時二四分）

『なは』港を出港した直後に、突然、背後から現れた日本の特攻機『白菊』に、愕然とした。

　日本はとうとう見境いなく、病院船まで特攻の的にしたのだと、恐怖に襲われたのだ。

　病院船には、武器は搭載されていない。無防備が、攻撃されない理由でもあるからだ。

　その時、護衛の駆逐艦は特攻機の出現にまだ気付いていない。

『あと一分後、いや数秒後に特攻機は突っ込んでくる』

と、私は直感した。

現在の特攻機の高度は二〇〇〇メートルか。日本の特攻機の攻撃は、一〇〇〇メートルの高度まで急上昇、そのあと、目標に向って急降下で、突入してくると教えられていた。

低空飛行→獲物の近くで急上昇→まっすぐ急降下で体当り。

彼等は、愚直なほど、この作戦を変えようとしないのだ。

船橋《ブリッジ》の乗員たちも、特攻機に気付いて騒ぎ始めた。

特攻機の姿が、急に視界から消えた。

上空に眼《め》をやる。

特攻機が急上昇している。

次は、一〇〇〇メートルからの急降下、体当りだ、と想像した。

私は、少し離れた場所から、機動艦隊が、日本の特攻機二四機に攻撃されるのを、目撃したことがあった。

上空から、次々に獲物を目がけて急降下してくる。

猛烈な対空砲火。それが命中して火だるまになって落ちてくる特攻機。

ただ、空《むな》しく海面に突っ込んでしまう特攻機もいる。

特攻機が命中して、爆発、炎上する艦船もあった。

まさに地獄である。

日本機は、執拗《しつよう》で残忍だった。一機が命中すると弱った獲物に群がるハイエナのように、次々に炎上して動かなくなった艦船に体当りしてくるのだ。

私は、その光景を思い出して、恐怖に襲われ、大声で叫んでいた。

『エンジン全開。左に急旋回！　モタモタするな。死んでもいいのか！』

エンジンが悲鳴をあげ、急旋回で、二八〇〇〇トンの船体が傾く。

次の瞬間、船橋を激震が襲う。

（特攻機が命中した！）

と、感じた。

船体に、急ブレーキがかかり、船橋も白煙に包まれる。

非常警報が、鳴りひびく。

『二階病室が、被害！』

『医者と看護班は二階病室に急行せよ！』

私も、負けずに、叫ぶ。

『艦隊本部に連絡しろ！　救助要請！』

何かに引火したのか、二階病室あたりから炎が噴き出している。

正確に何が起きているのか、がわからない。

あの特攻機が、どんな角度で、突入してきたのかも、どのくらいの被害が出るのかもわからない。とにかく、船内に、救護チームを組織し、被害を最小限に食い止めなければならない。

艦隊本部への救助要請し続ける。

破壊された二階の病室から、被害者を他に移さなければならない。

私は、白煙に煙る船橋を飛び出して、二階病室に下りて行った。

近づくにつれて、鉄骨がひんまがり、血臭が襲ってきた。

悲鳴と、うめき声。

まだ、炎は鎮火していない。

その中で、医者と看護班が、タンカで負傷者を他の病室へ移そうとしている。

ようやく、結成された消火チームが、消火器などを手に、二階病室に走ってきた。

私は、必死で心の動揺を抑えた。特攻機が突入した二階病室は、悲惨だった。破壊されたベッド。消火チームが、必死で消火活動をしている。

死体が転っている。

まだ息のある患者を、医者と看護班が、運び出す。

そして悲鳴とうめき声。

突入した特攻機は、深く突き刺さっているのか、形が見えない。

急遽《きゅうきょ》、病院船を守ろうと、盾になろうとしたのか、駆逐艦も、船体の一部が、破壊されて、負傷者を出しているようだ。

（死傷者は、多分、一〇〇〇名を超えるだろう）

と、思い、その数字が、私を絶望に追いやった。

私の船で、一日で、そんなに沢山の死傷者を出したことはなかった。

それでも、時間が経ち、負傷者を他の病室に移し、死者を急遽用意した柩《ひつぎ》に収容していくにつれて、乗員や患者も落ち着いてきた。

私もだ。

最後まで、不審だったのは、突入した特攻機の破片と、飛行士の遺体が見つからないことだった。

だが、この謎には、酸素ボンベが答えを出してくれた。

われらの病院船レッド・グロリアには、非常時に備えて、三つの手術室が設けられていた。

万一に備えて、酸素ボンベ三〇本も、積まれていたが、特攻を受けて、二五本が、同時に爆発したのだ。

私は、かつて地上実験もしてみたが、すさまじい威力だった。

多分、特攻機の機体も、特攻隊員の肉体も粉々になってしまったに違いないと考えて報告書を作成し、了承された。

最後は、死傷者の確認だった。

もっとも、辛《つら》い作業である。

病院船レッド・グロリア号の死者一〇五人、負傷者三六人。死者の方が多いのは、もともと重症患者を乗せていたからである。

護衛の駆逐艦は死者二人、負傷者六人だった。

一〇七人の遺体は一時、木製の柩に安置され、星条旗で蔽《おお》われて保管されたが、その後、グアム島の米軍基地に葬られた。

私の『病院船レッド・グロリア一九四五年五月二十四日の報告書』はアメリカ海軍の歴史の中に、しっかりと納められた。

間もなく太平洋戦争が、連合軍側の勝利で終った。が、その後も五月二十四日の一〇七人の死者の慰霊祭に、毎回、私は出席し、『レッド・グロリア遺族会』と、一日を過ごした。

しかし、私は、護衛駆逐艦副艦長の異議申立書を読んでから、毎年、五月二十四日になると、一日中、考え込むようになった。それは、駆逐艦の乗組員が撮った一枚の写真のせいだった。五メートル以上前方の海面に、翼を振るようにして突入していく特攻機『白菊』の写真である。

小さいモノクロ写真だ。

それを、五月二十四日は、一日中見ていた。写っているのは、間違いなく日本海軍の練習機、日本名『白菊』である。

沖縄戦の後半、日本軍は、この練習機を、特攻に注ぎ込んできた。飛行安定性はあるが、スピードは出ない。私たちが調べると、全般的な要目はすぐわかった。

海軍機上作業練習機『白菊』

全幅　一四・九メートル
全長　九・九メートル
全備重量　二五六九キログラム
最大速度　二二四キロメートル／時
航続距離　一一七六キロメートル

特に最大速度は遅すぎる。特攻機として使う場合は、二五〇キロ爆弾二個を搭載するというのだから、更にスピードは落ちるだろう。

一方、アメリカ艦隊の護衛戦闘機の代表グラマンＦ６Ｆは最大速度は時速六〇〇キロを超え、武装は一二・七ミリ機銃六門である。

見つかれば、『白菊』は逃げられない。必ず撃墜される。

それでも、彼等はやってきた。

一機　二機

一〇機　五〇機　一〇〇機

それが、次々に撃ち落とされていく。まさに狂気ではないか。

二〇〇機、三〇〇機、四〇〇機と、沖縄戦に、日本海軍が投入した、この古めかしい特攻機は、実に六〇〇機に及んでいる。

だから、私たちはみんなこの『白菊』という特攻機を知っていた。

あの日の午前六時二四分、突然、襲いかかってきたのも、写真の中で、海に沈むのも、間違いなく、日本海軍の特攻機『白菊』なのだ。

あの日、あの時攻撃してきた特攻機は、一機だけだった。

その一機が、体当りしていないとすれば、いったい、何が起きたのか。

私はあの時、恐怖に襲われていた。二〇〇〇名の傷病者を預かっていた。しかも、病院船は無防備。

だから、やみくもに速度を上げ、左に舵《かじ》を切ろうとした。真上から襲いかかってくると思ったからだ。

この時、左側を航行していた護衛の駆逐艦も、突然、特攻機に気付いたのではないか。

艦長も、私と同じく、恐怖に襲われパニックになり、とにかく、病院船を守ろう、自分が盾になろうとして、右に舵を切ったのだ。

両艦船は、左と右に傾きながら急接近し、ぶつかった。

病院船の二階病室部分が、駆逐艦の船橋の角にぶつかったのではないか。

その時、不幸なことに、病院船に積み込まれていた酸素ボンベが次々に爆発した。出港直後だが、急患が出て、酸素ボンベを使っていたら、考えられないことではない。

爆発、炎上、誰もが、日本海軍の特攻機が、体当りしたと錯覚し、疑わなかった。

私もだ。

だから、私は、錯覚した通りの報告書を書いた。

ただ、カメラで海面突入する特攻機を写していた駆逐艦の乗組員がいた。

彼は上官である駆逐艦の副艦長に写真を見せ、副艦長が異議申立てをしたのだ。

4

私自身、異議申立書を読むまでは自分の書いた報告書に自信を持ち、何の疑いも持たなかった。

ただ戦争終結のあと、第二次大戦、太平洋戦争に対する批判が少しずつ生まれてきた。

その中に、異議申立てがあり、問題の写真も入っていた。

写真を撮った駆逐艦の乗務員S・アレック海軍中尉は、戦後の一九四九年七月に、ガンで死亡した。

　五月二十四日の悲劇の時、駆逐艦にも助けて貰《もら》ったので、私はサンフランシスコの遺族を訪ねて行った。

　その時、アレック氏の夫人から、亡くなった主人が、何故か一枚の写真を大事に持ち続けていたといって、それを見せてくれた。

　それが、あの写真なのだ。写真の裏には、

『日本時間一九四五年五月二十五日　午前六時八分（〇六〇八）事件ノ日ニ写ス』


とだけあった。

　この写真は、私に改めて、ショックを与えた。

　写真が正しければ、私が報告書に記したことは、間違いになるからだ。

　写真は、異議申立書を除けば、遺族と少数の友人しか見ていなかったし、問題にもされていなかった。

　だが、私自身は沈黙していることが苦痛になり、重荷になっていった。そこで、異議申立書と写真のコピーをとり、この時、アメリカ太平洋艦隊の司令官についていたオスペック大将に相談することにした。

　私は、新しい報告書に、異議申立書と問題の写真のコピーを添え、ハワイのパールハーバーにあった太平洋艦隊司令部を訪ねて行った。

　オスペック大将は、私の報告書を丁寧に読み、一日、幕僚たちと話し合った末、私に次のようにいった。

『一九四五年五月二十四日に、日本海軍の特攻機が国際法を無視して、貴下の指揮する病院船レッド・グロリア号を襲撃したことはまぎれもない事実である。それに対応して、貴下の言辞にわずかな誤りがあったとしても、全て、日本機の法律を無視した攻撃が生んだものである。非は全て、日本側にあり、貴下が悩むことはない』

『私は、今、何をすべきでしょうか?』

『何もしなくていい。貴下も、病院船も、被害者なのだ。こちらは、当時の日本海軍の特攻機について、特攻隊員の氏名を明らかにし、国際法違反を証明すれば、それで終りだよ』

と、大将はいった。

約束通りの捜査が行われ、問題の特攻隊員の名前は、すぐわかった。

『日本帝国海軍高知白菊隊
海軍中尉　三杉克馬（二十三才）』

しかし、日本側は、アメリカ海軍の病院船レッド・グロリア号に対する特攻命令を出したことは否定した。

一九四五年五月二十五日（アメリカ時間五月二十四日）の日本大本営の発表は次の通りだった。

『本日、帝国海軍の高知「白菊特攻隊」一〇機が沖縄沖のアメリカ機動艦隊に対して特攻をかけた』と、それだけである。

確かに、同日、沖縄沖に集結したアメリカ第五艦隊に対して、九機の日本名白菊特攻隊が、特攻を仕掛け、全機撃墜された。が、特攻は九機であって、一〇機ではない。

　第五艦隊の広報は、九機の白菊特攻隊で襲撃を仕掛け、注意を引きつけておき、そのスキをついて、残りの一機が、病院船レッド・グロリア号を特攻攻撃する計画だったと思われると発表した。その証拠に、九機と一機は、同じ高知の白菊特攻隊所属である。

　確かにわれわれに何の非もない。国際法を無視して病院船を攻撃する計画を立て、一九四五年五月二十四日に仕掛けたのは、日本側である。

　われわれの側の対応に、多少の齟齬《そご》があったとしても、それは罪ではない。

　しかし、私自身にも感情的問題が生まれていた。

　父の遺書は以上です」

とレデック・ジュニアはいった。

5

「最近、この件について日本側の情報が入ってきました」

とレデック・ジュニアは続ける。

「問題の白菊特攻隊員の三杉克馬海軍中尉の孫が、祖父の日記を発見したというニュースです。

　三杉中尉の孫によると、その日記には一九四五年に三杉中尉は、上司の海軍軍令部長から、アメリカの病院船を特攻せよという命令を受けたと書かれているというのです。

祖父の日記を見つけた孫のネームは、三杉克郎。マスコミの関係者で、その日記を発表する気らしいが、日本にはそれを阻止しようという動きもあるようです。

太平洋艦隊司令部も問題はないという姿勢を崩していません。

だが、ここにきて、私は、白菊特攻隊員の日本海軍中尉三杉克馬のことが気になり始めました。

日本の軍隊、特に海軍は、上意下達の組織だったといいます。日本的にいえば、命令は帝《みかど》を頂点に上から下りてきて、それに反抗することは、許されなかったというのです。

とすれば、病院船攻撃は上からの、絶対の命令だったということになります。

海軍中尉三杉克馬は、命令に従って、あの日の朝、父の病院船レッド・グロリア号を狙ったのです。

ですが父が勝手にパニックに襲われ、護衛の駆逐艦と同士討ちをしてしまった。そのため一〇〇人を超す死者を生んでしまった。その責任は父にあるが、その時、三杉克馬中尉の特攻機は、何処を飛んでいたのだろうか。彼は何を考えていたのか。

撮影された二分後、特攻機は、五メートル以上前方の海面に突っ込んでいます。

自爆です。

その間、彼は何を考え、何故自爆したのか。

それが気になって仕方がありません。アメリカ側が同士討ちをしている時、彼は攻撃してこなかった。それは間違いない。

あの時、白菊特攻機が、父の病院船に突入していたら、どれほど大きな被害を受けていたかわからない。

その間の二分間の彼の気持を知りたいのです。それがわからないと、この事件は解決したものにはならないような気がしています。

しかし、本人は、一九四五年五月二十四日に亡くなっているし、問題の日記も、前日で記入は終っていると聞きます。それは翌日に特攻死をすることが決まっていたわけだから、日本の軍人の精神状況としては、当然でしょう。しかし、彼が日本軍人だとしても、人間として病院船を攻撃すべきかどうか悩んでいた筈です。私はそれを知りたい」

6

レデック・ジュニアは一瞬、黙ったあとで続けた。

「私が、何故、そのことに拘《こだわ》るのか。その理由は、ただ一つ、真実を知りたいからです。

われわれは、ともすればアメリカ的真実で、歴史を飾ることを考えてしまう。当然、日本側は、日本的真実で歴史を飾ろうとする筈です。しかし、果して、飾られた歴史に真実があるでしょうか。二つの真実が残り、それぞれに都合のいい歴史が作られていく。もっと忌憚《きたん》なくいえば、それぞれに都合のいい正義になってしまうのです。

今のところは、それでも、お互いにオーケイをしてしまいます。なぜなら、苛酷な戦争の記憶が残っていて、少しぐらいの嘘や誇張はお互いに許そうという気持になってしまうのです。しかし、戦争を知っている世代の父たちが死に、次の代も終ったあとのことが、私には心配なのです。われわれの何代目かの世代、アメリカと日本の世代が、何かの理由で、お互いを憎み合った時のことを、私は考えてしまいます。多分、お互いの歴史書を読んで、相手を憎む理由を発見しようとする。ところが、今のままでは、お互いの歴史書に書かれた相手の姿は、ゆがんだ歴史的真実になっていて、それを訂正していないから、お互いの憎悪は、間違いなく倍加します。私は、事件の当事者の息子としては、自分に都合のいい真実を見つけ、それを歴史に残しておきたいのです。

しかし、ここに来て、おかしないい方ですが、『本当の真実』を残したくなりました。

私はまず、父が作った間違った報告書を訂正したい。あの瞬間、父が取った行動が、いかに愚かであったとしても、真実を残すことを自分に誓いました。

次が、あの時の特攻隊員、日本海軍中尉三杉克馬の真実の動きです。亡くなった彼が証言することは出来ない。だから、あの日、特攻機がいかなる動きをしていたか、目撃者が、ぜひ正直に証言して欲しいと、私は、病院船と、その患者、そして護衛駆逐艦の乗員に頼むことにしました」

7

「一ヵ月間、何の反応もありませんでした。更に一ヵ月間、私は辛抱強く待ちました。その結果、私はようやく、欲しいものを手に入れたのです。

短い手紙（報告書）を、受け取ったのです。正確に言えば、短い手紙と、小さな写真が二葉です。

その手紙と写真をここに提出するので、それを皆さんに冷静な目で見て、考えて欲しいのです。

手紙（報告書）は、病院船の医師の一人、名前は伏せます、が、医師らしい冷静さで、事件の時、目撃したままを記したと、言っています。二枚の写真も同じだと証言しています。

もし、どうしても信じられない人がいたら、私がこの手紙の送り主の名前を教えますから、直接、確かめて頂きたい」

●病院船レッド・グロリア勤務の医師の報告書

一九四五年五月二十五日午前六時（日本時間）に、私の勤務する病院船レッド・グロリア号は、沖縄の「なは」港を出港した。

四ヵ月間にわたる沖縄戦で負傷した二〇〇〇人の将兵を乗せ、ハワイ・ホノルルの病院まで運んで本格的な治療を受けさせるためである。

朝から快晴。波もおだやかで、私は平穏な航海が約束されている気がしていた。

午前六時二分（〇六〇二）

小さな事件が起きた。患者の一人が、心臓発作を起こした。しかし、第一医務室で、外科のN医師が直ちに手術に当り、万一に備えて、酸素吸入装置も用意されているので、誰にも心配はなかった。

午前六時五分（〇六〇五）

突然、警報が鳴った。

私は左舷の後甲板《こうこうはん》に飛び出して、見廻《みまわ》した。

私の視界に、こちらの病院船と、ほぼ平行に飛ぶ日本機が入った。

日本名「白菊」と呼ばれる特攻機であることがすぐわかった。何故なら、沖縄戦の間、この古い練習機を改造した特攻機を、日本海軍は一〇機、二〇機どころか、六〇〇機近く投入してきたから、特徴のある機体は眼に焼きついていたのである。

同時に、私は恐怖に襲われた。

日本軍の無謀な行動については、いろいろと聞いていたが、病院船まで狙うようになったのかと、愕然としたのだ。

レッド・グロリアの船長も同じ恐怖を感じたに違いない。少しでも、特攻機から離れようと、速度を上げ、左に舵を切った。

護衛の駆逐艦は逆に、病院船を守るために少しでも近づこうと、右に舵を切った。そして、激突。

私は、ゆれる甲板で、必死に足を踏ん張って、特攻機を見すえた。

私たちの自ら招いた事故に乗じて、特攻機が突っ込んできたら、どれほどの被害になるか。

だが、こちらと平行して、ゆっくり飛ぶ、特攻機白菊は、近づいてくる気配は全くなかった。もともと、スピードの遅い練習機である。それに操縦席は広く、強化ガラスで蔽われていて明るい。

私は、その操縦席に、奇妙な一人の操縦士を見つけた。

一〇〇メートルほど離れた空中を、特攻機白菊は、ゆっくりと飛び続けている。

こちらの病院船は駆逐艦と激突したが、それでも、微速前進を続けていた。

特攻機白菊はもともとスピードが遅いのに、この時は、更にスピードを下げ、何秒間かこちらと平行して飛んでいるように見えた。

若い飛行士だった。驚いたことに、飛行服を着ていなかった。何故か完全正装だった。

そして、突然、こちらに向って、挙手の礼をしたのだ。

私は、敵の操縦士の顔を凝視した。

彼は、笑っても、怒ってもいなかった。

口を一文字に結び、挙手をしてその姿勢を崩さなかった。

それは、事故を起こした病院船のわれわれを心配しているようでもあり、戦争の痛ましい現実に、無言の抗議を示しているようにも見えた。

やがて、白菊は挙手の姿勢を、私の目の隅に残したまま、少しずつ離れて行った。

数秒後、彼の操縦する特攻機白菊は、海に消えた。自爆したのだ。

私には、彼が何故自爆したのか、わからなかった。

私のアメリカ的な感覚でいえば、一発も撃たず、爆撃せず、敵艦二隻に損害を与えたのは、大殊勲である。

特攻機の機首を日本国に向けて、凱旋《がいせん》したらいいのではないかと思った。少くとも、私ならそうするのに、あの日本の若い操縦士は、自ら命を絶った。

それは、日本人の美学かも知れないが、少くとも彼は、病院船への突入を、拒否したのだ。

報告書を読み終ったレデック・ジュニアはいった。

「この手紙（報告書）に添えて、本人が、この時撮った写真二枚を紹介します。

一枚は、病院船の右舷を飛行する日本の特攻機白菊であり、もう一枚は、その操縦席で、日本海軍の正装で、挙手の礼をしている日本の若い海軍士官の写真です」

8

そのあと、病院船レッド・グロリアの船長の息子が、再び話を続ける。

「ここに書かれたことは、間違いなく一九四五年五月二十四日に起きた真実であります。

現代は、アメリカも、世界も、全て混沌《こんとん》として未来を見通すことは出来ません。

　では、どうしたら、少しでも、未来に希望が持てるのでしょうか。

　嘘や、希望的観測で、自分たちの歴史を作ろうとすれば、未来の基礎は不確かなものになり、予測は不可能になります。

　われわれアメリカの未来が豪華絢爛《けんらん》たるものであっても、嘘の上に築かれたものなら、必ず、破滅します。私は、危うく、その危険を冒そうとしたのです。

　それに気付いた私は、今まで父のことを特攻と戦う栄光の一部をなすと思っていたのを、改めます。特攻に怯《おび》え、自ら傷ついた滑稽《こっけい》な人間であると認めることにしました。ほんの少しでも、嘘の歴史は、わがアメリカには、必要がないものだからです。

　私は、本日で、海軍兵学校長の職を辞することにしました。

　父の一九四五年は、嘘で固めた一年間でした。その一年を返上する気持からです。サヨウナラ。アメリカ海軍兵学校長、Ｓ・Ｋ・レデック」

　ここで、アメリカＴＶの画面が、消えた。

9

「どうだ?」

　と、あの声がいった。

「汝は、一九四五年五月二十五日（日本時間）、日本の特攻機が、国際法に逆らって、アメリカ海軍の病院船を攻撃したと心配していたが、今のアメリカのＴＶ放送によって、全く逆であることがわかったのではないのか。特攻機『白菊』の三杉海軍中尉は、むしろ病院船を守ろうとしたのだ。これで、祖父三杉克馬の日記を出版するの愚を諦める決心はついたのではないか。それを約束すれば、解放してやる」

「答はノーだ」

「何故だ」

「祖父が、戦争末期、作戦部長から、アメリカ海軍の病院船に対して、特攻することを命ぜられた事実を否定することは、出来ない。ただ、祖父が、悩んだ末に、その命令に従わず、抗議のため特攻せず、自爆した。その事実は存在するのだ。その事実こそ、大事だと思う故、祖父の日記は、出版する」

「今の汝自身の状況を考えろ。汝の生死は、われわれが握っているのだぞ」

「さっさと解放しろ。私を殺したりすれば、お前たちの日本桜会の未来も消え失《う》せてしまうぞ」

「われわれは、一分後の汝の未来も、消せるのだぞ。戦前の日本の、当時最強だった細菌研究所が開発したＡＫ００５と呼ばれる細菌が、用意されている。素晴らしいものだ。これを使えば、汝は、一瞬の中《うち》に、微笑《ほほえ》んだまま、あの世へいくことが出来る。それを喜べ」

「それは悪魔の細菌兵器と呼ばれたものだろう」

「あのまま、研究所が、研究を続けていれば、わが国は、アメリカ、中国、イギリスなどに先駆けて、新型コロナのワクチンを生産していた筈なのだ。世界のバカな政治家どもが、戦後、日本の細菌研究を中止させてしまったのだ。今日、汝の肉体で実験をやってやる。汝は死ぬが、これが、世界一のワクチンであることも証明できる。喜べ」

どすーん。

「何だ?」

「世界で、最も強力なワクチンが生まれるのだ」

どすーん。

「地震か?」

「早く非国民に注射してやれ!」

どすーん。

「この部屋の鉄扉を外から誰かが、壊そうとしてるんだ。何とか防げ!」

どすーん。

重い鉄の扉が、ゆっくりと内側に向って倒れてきた。

十津川を先頭にして、鉄槌《てっつい》を提げた刑事たちが入ってきた。

「やあ、日本桜会の皆さん」

と、十津川が、微笑した。

「三杉さんも、ご無事でしたね。日本桜会の皆さんも、よかったですよ。高見恵二と伊東宏子殺害の容疑がある上に、もし、三杉さんが死んでいたら、皆さんは死刑の可能性もありましたからね。三杉さんのおかげで、皆さんも、命拾いしたかも知れません」

「どうしてここがわかったんだ？」

「皆さんが、案内してくれたんですよ」

「バカなことをいうな」

「一応、説明しましょう。その前に、まず三杉さんを解放したらどうだ」

十津川が指示し、若い刑事が三杉克郎を解放した。

そのあと、十津川は、日本桜会の理事たちの顔を見廻した。

「私が、日本桜会と出会ったのは、湘南の豪邸で、宏子元首相夫人の殺人事件とぶつかった時です。この時、一番、興味を持ったのは、桜会の理事さんたちが、写っている写真でした。中央に若い女性がいて、その両側に、四人ずつ男女の理事の方々が並んでいる写真です。私には、不思議な写真に見えました。中央の女性は若いのに、その両側に並ぶ八人の理事は、全て熟年で、各界の有名人です。日本を牽引《けんいん》する人々です。ところが、中央の女性は、若くて、私は全く知らない顔だった。私は、ひそかに、この写真をコピーして、調べてみました。案の定、理事の八人は、誰もが知っていた。ところが中央の若い女性は誰も知らないのです。ひょっとして、有名人か、理事の娘さんの一人だろうと思ったのですが、それも違っていました」

十津川は、楽しそうに喋《しゃべ》る。

「そこで、こう考えたのです。この若い女性は、実は精巧に出来たコンピューターではないのか。八人の理事は各界の実力者で、いずれも自分の意見を持っていらっしゃる。そう考えると、大きな問題について、日本桜会として決断を下すのは、難しいのではないか。それに実力はあっても、最新の知識についていては、失礼ながらうといのではないか。そう考えると、最新の知識を持ち、大きな決断を必要とする時には、コンピューターが必要になってくる筈だと考えたのです。しかし、理事の方々は、大変な実力者で、会の決定を、コンピューターに委《まか》せていると聞こえたら、日本桜会の威信に傷つく。そうなった時には、最新コンピューターを、若い女性の姿に押し込んで、謎の若い理事にすればいいのではないか。この私の想像は適中しました。皆さんが、Ｆ電気に十億円で秘密裡《ひみつり》にあの若い女性を作らせたことがわかりました」

「それを証明できるのか？」

理事の一人が、十津川を睨《にら》んだ。

十津川がまた微笑した。

「皆さんはコンピューターというものをあまりにも信用しすぎていらっしゃる。皆さんは、十億円のコンピューターを作らせて、その威力に満足していらっしゃる。しかし、同じＦ電気が作った日本最高のコンピューター『富士《ふじ》』はその一〇〇万倍の能力を持っているのですよ。皆さんの人型コンピューターがなまじ精巧なために、Ｆ電気が作った、一〇〇万倍の能力のある『富士』によって、外部から操作できてしまうのですよ。Ｆ電気の社長は、日本桜会についてあまり重く見ていなくて、私たち警察に協力してくれました」

十津川は、部屋の奥に眼をやった。

「ああ、そこに問題の人型コンピューターが置かれていますね。今、私がいったことを実験してみましょう」

スマホで、F電気に連絡をとる。

「今、『富士』が動き出しました。このあと、皆さんの人型コンピューターは『富士』に完全に支配されます。われわれをここに案内してくれたのも、皆さんが頼りにしている人型コンピューターなんですよ」

急に、日本桜会の人型コンピューターが、動き出した。

「止めろ！」

と、理事の一人が叫んだが、止まらず、部屋の中央で、勝手に止まった。

そして、ゆっくりと、首を回して、理事たちを見廻した。

「日本桜会の皆さんに申し上げます」

男の声が喋る。「富士」の声である。

理事たちが、悲鳴に近い声を上げる。

「声が違うぞ」

「彼女の声は、どうしたんだ？」

だが、巨大コンピューター「富士」は、容赦しなかった。

「これから、人型コンピューターに蓄積された日本桜会についての全ての知識が、『富士』に移され、データになって警視庁に送られます。『富士』は、この全ての作業をわずか五秒で完了します」

そして、正確に五秒で、人型コンピューターは、「ジ・エンド」のサインを出して沈黙した。

※本作品は、「小説宝石」二〇二〇年十二月号より二〇二一年七月号まで連載された作品です。

※この作品はフィクションであり、実在の個人・団体・事件・名称などとはいっさい関係ありません。

（編集部）

◎お願い◎

この本をお読みになって、どんな感想をもたれたでしょうか。

「読後の感想」を左記あてにお送りいただけましたら、ありがたく存じます。

なお、「カッパ・ノベルス」にかぎらず、最近、どんな小説を読まれたでしょうか。また、今後、どんな小説をお読みになりたいでしょうか。読みたい作家の名前もお書きくわえいただけませんか。

どの本にも一字でも誤植がないようにつとめておりますが、もしお気づきの点がありましたら、お教えください。ご職業、ご年齢などもお書き添えくだされば幸せに存じます。当社の規定により本来の目的以外に使用せず、大切に扱わせていただきます。

東京都文京区音羽一―一六―六
郵便番号 一一二―八〇一一
光文社 文芸図書編集部

特急《とつきゆう》「志国《しこく》土佐《とさ》 時代《トキ》の夜明《よあ》けのものがたり」での殺人《さつじん》

2021年10月31日　初版1刷発行

著者　西村《にしむら》　京太郎《きようたろう》
発行者　鈴木広和
組版　萩原印刷
印刷所　萩原印刷
製本所　ナショナル製本
発行所　株式会社光文社
東京都文京区音羽1-16-6
電話　編集部　03-5395-8254
書籍販売部　03-5395-8116
業務部　03-5395-8125
URL　光文社 https://www.kobunsha.com/

落丁本・乱丁本は業務部へご連絡くだされば、お取り替えいたします。

ISBN978-4-334-07748-8

「カッパ・ノベルス」誕生のことば

カッパ・ブックス　Kappa Booksの姉妹シリーズが生まれた。カッパ・ブックスは書下ろしのノン・フィクション（非小説）を主体としたが、カッパ・ノベルス Kappa Novelsは、その名のごとく長編小説を主体として出版される。

もともとノベルとは、ニューとか、ニューズと語源を同じくしている。新しいもの、新奇なもの、はやりもの、つまりは、新しい事実の物語というところから出ている。今日われわれが生活している時代の「詩と真実」を描き出す——そういう長編小説を編集していきたい。これがカッパ・ノベルスの念願である。

したがって、小説のジャンルは、一方に片寄らず、日本的風土の上に生まれた、いろいろの傾向、さまざまな種類を包蔵したものでありたい。かくて、カッパ・ノベルスは、文学を一部の愛好家だけのものから開放して、より広く、より多くの同時代人に愛され、親しまれるものとなるように努力したい。読み終えて、人それぞれに「ああ、おもしろかった」と感じられれば、私どもの喜び、これにすぎるものはない。

昭和三十四年十二月二十五日

KAPPA NOVELS